在热爱的世界里闪闪发光

LIGHT UP THE WORLD WITH PASSION

在热爱的世界里闪闪发光

苑子文 苑子豪 | 著

时代出版传媒股份有限公司
安 徽 文 艺 出 版 社

图书在版编目（CIP）数据

在热爱的世界里闪闪发光 / 苑子文, 苑子豪著. —
合肥 : 安徽文艺出版社, 2022.9
ISBN 978-7-5396-7482-7

Ⅰ. ①在… Ⅱ. ①苑… ②苑… Ⅲ. ①随笔 – 作品集
– 中国 – 当代 Ⅳ. ①I267.1

中国版本图书馆CIP数据核字(2022)第101193号

ZAI REAI DE SHIJIE LI SHANSHAN FAGUANG

在热爱的世界里闪闪发光

苑子文 苑子豪 著

出 版 人：姚　巍
责任编辑：宋潇婧　李　芳
装帧设计：杨　洁　佘彦潼

出版发行：安徽文艺出版社 www.awpub.com
地　　址：合肥市翡翠路1118号　邮政编码：230071
营 销 部：(0551)63533889
印　　制：湖南天闻新华印务有限公司　　　电话：(0731)88387856

开本：150 mm × 210 mm　1/32　印张：8　字数：126千字
版次：2022年9月第1版
印次：2022年9月第1次印刷
定价：49.00元

LIGHT UP
THE WORLD
WITH PASSION

LIGHT UP
THE WORLD
WITH PASSION

Contents

目录

A 苑子文

B 苑子豪

LIGHT UP
THE WORLD
WITH PASSION

在热爱的
世界里
闪闪发光

苑子文

Yuan zi wen

**LIGHT UP
THE WORLD
WITH PASSION**

戛纳金棕榈

于梦希在成都住的小区叫金棕榈，名字和她一直梦寐以求的戛纳金棕榈奖有关。

戛纳金棕榈

1

“他们怎么成的角儿啊？得挨多少打啊？我什么时候能成角儿啊？”

电视里播放着电影《霸王别姬》的经典片段，于梦希窝在懒人沙发上，脸颊泛红，一副醉醺醺的样子。

小癞子的台词太具有共情力，以至于刚说出口，于梦希的眼眶就湿了。她抬起屁股，伸手费力地去够茶几上的酒杯，晃晃荡荡地，一不留神没抓好，杯子倾倒，酒洒了一身。

看样子她已经完全醉了。

人在喝多的时候，会像陷进了一个旋涡，直直地被往下拽。实在没有多余的力气再爬起来，她索性把酒杯往旁边一扔，抹了抹还未干的嘴角，倒头大睡。

这已经是于梦希第三个月没有戏拍了，如果这个月底前她还接不到戏，下个季度的房租就要张口问家里要。

问妈妈要倒还好，妈妈以前是文工团叫得上名字的演员，后来跟梦希爸爸结婚，生了孩子，就做了全职太太。演员算是她未竟的梦想，所以她一直很支持女儿。

只是梦希爸爸就不太好说话了，曾经是人民教师的他，当年为了阻拦着文化课成绩还不错的女儿参加艺考，没少跟老婆吵架。

但吵归吵，这个家还是听梦希妈妈的，他顶多每次喝多了，拿这事出来唠叨一番："我早就说让闺女读个正经大学，你非要她去做演员，你看她现在吃的苦还少吗？那以后看不见的苦还多着呢！"

当然，梦希妈妈也不是好惹的，虽然对手是个能说会道的语文老师，但她也不会让自己落下埋怨："我说了多少次，是希希自己想做演员的，你这个当爹的到底了不了解你女儿啊？她跟你说过她喜欢做什么吗？提起过她喜欢哪部电影吗？你知道她的梦想是什么吗？你以前在学校举着课本念叨，现在回了家喝酒絮叨，除了嘴上说，你还会什么？！"

于梦希也很奇怪，明明他们双方都是为了她好，可每次吵架都会朝着完全相反的两个方向去。像这样用"我悔不当初"和"你一无所知"来攻击彼此的场面，于梦希已经见怪不怪了。所以她没戏拍的时候也不在家住，而是在北京租了个单间，虽然条件差了些，但至少耳根子清静。

于梦希一直是这种喜欢逃避的人，从来不主动表达自己的情绪和诉求，这对于演员来说是非常被动的。

何况她并不是标准意义上做演员的料——她的五官偏冷，让人觉得很有距离感。以前上学的时候，每当学校有剧组来选新人演员，甜美型的、御姐型的、特型的，她都不属于，因此她总是被忽略的那一个。要不是交往了很多年的经纪人小白努力帮她接些淘宝模特拍摄的活儿，她早就风餐露宿了。

说到当模特，她倒是挺吃香的，基本上只要发过去资料卡，就有客户想选用她。但她其实心有不甘，要知道，从小就有演员梦的她，一直希望自己有天能走上戛纳金棕榈奖的红地毯，而这些机械化的平面拍摄，显然是乏味无趣的工作。

2

这一年北京的冬天非常冷，于梦希跟着经纪人辗转于各大Casting(选角)公司试镜，有历史剧，有现代剧，就连从前不纳入考虑的校园甜宠剧，她也去试镜了。

每次试镜，于梦希都做了充足的准备，哪怕是很小的角色，她都会提前研究透这个角色的特点。

但因为近年来影视行业不景气，大角色基本上都被出品方提前预定了，小角色也多多少少被关系户拿走了，所以她去试的戏还没有一个要她。

有一天，她得到了一个自己非常喜欢的角色的试镜机会，要扮演的角色是一位很有才华的舞蹈家，戏份很重。为了这个角色，她专门跑到舞蹈学校采风，在家里也一直模仿和钻研角色的人物特点。

试镜当天，她在准备室里足足等了四个小时，所有叫得上名叫不上名的演员都试完，最后一个才轮到她。

可一进到房间，制片人在低头刷着手机，导演和编剧在讨论着晚上吃什么，完全没有人注意到她，或者说，完全没有人在意她。

副导演在一旁站着，用眼色示意她再等一等。

大概又过了几分钟，导演结束了和编剧的说笑。他转过头，瞥到于梦希，才反应过来还有旁人在，于是问："这位是……"

"刘导，张老师那个角色，下午平台那边不是已经定了那谁吗，我就没让其他演员再进来试这个角色。但她等了挺久的，经纪人也一直说想让她见见您，我就带进来了。"

导演这才知道，有个寂寂无名的小演员等了一下午，此刻被告知角色已定，正满眼惆怅地看着他。

“哦哦，不好意思啊，我以为面试结束了，没注意到你进来。怎么称呼？”还是刘导先开口打破了沉默。

见到这么有名的导演对自己如此尊重，于梦希更慌了，结结巴巴地介绍自己：“刘导，我……我叫于梦希，1998年生……”

“条件不错。”刘导边看着于梦希的资料边说着，“这样，我先去趟洗手间，见了一下午演员还没去过，见谅啊！你稍微准备一下，回来我们试试第一场戏。”

于梦希方才进屋的紧张全被刘导此刻的温柔化解，而导演起身时轻轻拍了拍她的肩，更是给了她不少信心。

果然，导演回房间落座后，她呈现了很好的表演，自然、准确、高级，让在场所有人都眼前一亮。

试镜结束后，导演特意留下她，让她多聊了聊对这个角色的理解。于梦希心中暗喜，想着也许还有戏。

副导演送于梦希走的时候，跟接她进来时态度全然不同，说话也客气了不少，这更让于梦希觉得自己离成功近了一步。

“小白，你说，我会不会凭实力赢过关系户，拿下这个角色？”一只脚才迈出公司大门，她就已经按捺不住内心的激动了。

“嘘，小点声！”经纪人赶紧在嘴边竖起食指，神秘兮兮地小声道，“是有戏！你没听副导演说嘛，你是和导演聊得最久的一个女演员！”

这一晚，于梦希决定犒劳自己和小白，吃顿好的。

她们找了家地道的老北京铜锅涮肉，两个人点了好几盘肉，一桌子菜。

鲜嫩的羊肉卷下锅几秒，捞起来时时间刚好，配上麻酱，再蘸一点爆香的辣椒油，那叫一个美味！此情此景怎么能少得了喝上一杯，于梦希和小白一人叫了两瓶啤酒。才一瓶下肚，于梦希的话就开始多起来。

“小白，靠实力去接近自己的梦想，获得自己想要的东西，这种感觉，真爽！”于梦希说这话时，抹了把鼻子，强忍着鼻腔里的酸涩。

小白很少见到于梦希这么感性的一面，她也难掩自己的情绪：“希希，你真挺不容易的，坚持下去，我赌你以后一定能大红！”

“大红！”两个人约定完，高高兴兴地干了一杯。

那一晚，还没完全从角色里走出来的于梦希喝醉了，好像已经拿到了这个角色一样，她兴奋地用舞蹈家的状态和小白比画着，眼里闪着很亮的光。

3

于梦希演技很好，态度也端正，就是运气差了点。

和以往每一次试镜的结果一样，那个舞蹈家的角色，她又落选了。

小白给她发信息时，特意强调了不用放在心上，反正在影视圈待久了，这样的事也就见怪不怪了。

可对于梦希来说，这一次的打击格外大。连导演都不能左右出品方的意见，在这个行业里，没有背景的她是不是彻底没机会了？

不想让自己沉浸在伤感里，她一口气接了好几个淘宝模特拍摄的活儿，每天把时间安排得满满当当的，以此来麻痹自己。

而她也和小白达成了共识，为了保护演员的信念感，近期不再去试镜了。

此后的生活就像一潭死水，于梦希在没戏拍—接拍淘宝模特工作—没戏拍的焦虑中无限循环着每一天，直到鲁义的出现，才打破了这份平静。

于梦希是在一次KTV的聚会上认识鲁义的，他和她以往见过的所有制片人都不一样，他没有那么能玩、能喝，也不张口就是给角色、谈项目，甚至在光怪陆离的射灯下，不仔细看，很难发现这个戴着眼镜长相平平的人。

但就是这份沉着和内敛，让整日焦虑的于梦希格外好奇。她在朋友小米的怂恿下，坐到了鲁义身边，朝他伸出手。旁边的小米也赶紧介绍说："鲁义哥，这是我闺蜜于梦希，电影学院毕业的，带给你认识一下。"

于梦希的忽然到来让鲁义有些意外："哦哦，你好，鲁义。"男人半起身伸出双手回握。

他的声音很低，很有磁性，带给人一股莫名的沉稳和安全感。

鲁义并没有过多介绍关于自己的事情，多半是小米替他讲的。关于他的一切都可以说是完美，名校研究生毕业，从金融圈成功跳到影视行业，是某大平台制作人，还有两个很可爱的孩子……

听到"有两个孩子"的时候，于梦希不禁抬了下眼皮，看向鲁义的神色忽而黯淡了些。不过旁人并没有注意，毕竟KTV里人声鼎沸、光影斑斓，谁会在意一个毫不起眼的于梦希呢。

整个晚上鲁义和于梦希聊得很开心，他很少见到像于梦希这样不攀附他的女演员。在聊到关于几种演技的区别时，于梦希还倔里倔气地和他争论起来。单纯的女孩较起真儿来，竟丝毫不让人觉得讨厌，反倒有些可爱。

"方便留个联系方式吗？时间不早了，我得回家了。以后有机会再约。"二人聊得正开心，鲁义看了眼表，十一点一刻，他带着一副非常不好意思却让人本能想原谅的表情说道。

"当然，我扫您。"于梦希赶紧掏出手机，心里有种说不出的滋味。

懂表演、有文化，还这么顾家，他应该就是大家口中的完美男人吧。除了大学谈了三年的那个男友之外，于梦希还是第一次遇到让自己这么有好感的人，还被对方加了微信。

可转念一想，再完美和自己又有什么关系呢？鲁义是有家室的人，自己连追求的资格都没有。

鲁义走后，小米看懂了于梦希的失落，她一脸坏笑地冲于梦希使眼色：“怎么样，喜欢吗？人类高质量男性，姐妹拿下他！”

于梦希赶忙捂住小米的嘴：“胡说什么呢？人家有老婆有孩子，这种话别乱说，传出去多不好！”

说完，她小心翼翼地环顾四周，见压根儿没有人注意她们，这才放下心来。

“如果你和他在一起，说不准还有大戏拍呢！”小米拍了下于梦希的大腿，一脸不解地说。

“不要，以后这话别乱说了。”于梦希十分痛快地灌了一口酒，“走吧，这屋子憋得慌，我请客吃夜宵。”

4

春节前，北京一片热闹景象，大街小巷灯火通明。擎天的高楼里，尽是年底加班的上班族，这和除夕夜之后冷清的景象全然不同。

于梦希是很不喜欢回家过年的，尤其这两年父母感情不好，回到家总要看他们两个吵上几番，耳朵都听得生茧了。

可这一年，是个例外。

坐了三个多小时的飞机，于梦希拖着疲惫的身子才打开家门，嗅觉立刻就被家乡菜唤醒了。浓香的腊肉和腊肠全都熏好了，餐桌上鸡鸭鱼肉摆得满满的，梦希妈妈还在厨房里忙活着最后一道汤。

于梦希忍不住从盘子里“顺”了口回锅肉，一脸满足地冲向客厅。

穿过走廊，于梦希看到客厅里坐着的除了老于，还多了一个男人。

他不像老于那样精瘦，而是身材微微发福，还有些黑。简单聊过才知道，爸妈这些年已经没有太多的感情，又因为老于总是耍酒疯，梦希妈妈实在忍不了，就选择了离婚，并在年底改嫁给了这位从贵州专门过来看望梦希的李叔叔。

不像前几年回家吃饭那样，要么父母冷战，气氛十分冷寂，要么父母一直拌嘴，吵得不可开交，今年的年夜饭可以说出奇地和睦。四个人都在配合着，演绎“幸福年关”。

“妈，老汉儿，我敬你们一杯哈。”于梦希先端起酒杯，“这两年一直在外面漂，也没顾得上你们，是我这个做女儿的失职。过年咯，给你们问个好，祝你们新的一年都开开心心、健健康康的。我干了！”

白酒的辛辣从舌根沁入喉咙，但她没表现出丝毫不适，当年那个偷喝爸爸酒盅里的白酒，喝完后对着嘴巴使劲扇风的小女孩，已然长大了。她不动声色的外表下，有一颗复杂而强大的心。

“李叔叔，也敬您一杯！大老远专程过来看我，肯定很辛苦。”于梦希边说边又倒满一小盅酒，“我妈是个细腻的人，有时候我都觉得她比我更像个娃儿，以后就麻烦你咯，一定帮我照顾好她。”

李叔叔有些错愕，之前他一直听说于梦希是个不怎么跟父母交流的孩子，父母一给她打电话就会被嫌烦，可今天见着的她，识大体、懂礼貌，做事“润物细无声”。

整顿饭吃下来气氛都很和谐，于梦希已经很久没有在家享受这样的宁静了，有那么一瞬间，她竟觉得父母分开也挺好的。

梦希妈妈的手艺还是那么绝，水煮鱼香嫩而不腻，辣子鸡干而不柴，还没等到十二点钟声敲响，四个人就已经吃饱喝足了。

“我看时间也差不多了，我们就先回去，明天晚上再过来包饺子。”梦希妈妈从厨房走出来，往身上抹了抹手上的水，指着餐桌说，“盘子、碗我都洗好了，这几个装花生米的没得事，就放这，明天还能吃。希希你扶你老汉儿回去睡吧，我看他眼睛都有点直了。”

“明天再来喝！”老于目送梦希妈妈和老李到门口，也不起身，而是双手捶胸，得意地喊了一嗓子，眼里看不出任何情绪。

“晓得了，你们快回去吧，莫理他，到酒店了和我说一声。”于梦希语气有些不耐烦，她从小就不喜欢父亲喝多的样子，好像能喝酒是多么光荣的一件事似的。

送走妈妈和李叔叔，于梦希回到厨房刚想帮老于倒杯水，就被他叫住了。

“幺儿，再喝一杯哈，我们爷俩摆个龙门阵！”老于从凳子上站起来，脚下已经有些不稳了。方才在李叔叔面前强装的那口气一旦泄掉，酒意便如千军万马奔涌而来。

“摆什么嘛，你都喝成这个样子了，快，我扶你回去躺下，有啥子话明天再讲。”于梦希两只手架在父亲的腋下，想把他从桌子旁挪开。

“再喝一杯，就一杯！”老于说话的时候已经有些大舌头了，身体也越发沉重。

“明天……明天我陪你多喝一杯，要得不？”于梦希轻轻拍着老于的胸脯，温柔地哄他道。

“那不得行！我跟你讲……”老于抬起胳膊，一时没把握好平衡，一个趔趄就坐在了地上。

也没顾上摔这一下疼不疼，他嘴里开始念叨，于梦希听不太清：“你妈她……”

“哎呀，起来嘛，地上冰！搞快点，我没劲抬你的。”于梦希吓了一跳，赶紧俯身使劲撑着父亲的胳膊，她的头发在额前散开一片。

老于嘴上说着胡话，手腕一发力，挣开了于梦希，却重重地磕到桌子上，他捂着手，屈膝号叫着：“哎哟……”

“老汉儿，你莫要闹了，要得不？”于梦希有些着急了，“赶快起来嘛！”

诸如此类的酒后表演，堪称于梦希的噩梦。以前她都是躲在房间里，戴着耳机，把外面这一团糟交给妈妈去处理，可眼下只有自己，她显得手足无措。

不管梦希怎么劝，老于都不听，折腾了好一会儿，他躺在地上眼看着要睡死过去。

“哇”的一声，于梦希哭了出来。

这几个小时佯装的懂事、乖巧和冷静，都在这一刻被击溃。连同着过去一年试镜的失败、与父母相处的失败、孤身一人在北京的失败，统统席卷而来。她一个人兀自哭着，不知道该怎么形容这种感觉。

人的一生中总会有那么几个至暗时刻，是你无法用语言形容，无法用行动化解，无法用假笑掩盖的。你明明已经很努力、很克制地想要避开这个雷区，可在父母面前还是显得苍白无力。无论是哪一方选择了坦诚相待，都会立刻把另一方内心最真实的情绪刺激出来，成年人的崩溃往往就在这一瞬间。

……

第二天天没亮，老于被渴醒了。他从沙发上慢慢坐起来，又缓了好一会儿，才直起身。他双眼迷离地扫视了一下家里，却发现已经空空如也。他拿起面前放着的那封写得歪歪斜斜的信，恍惚地读了起来：

爸，原谅我没能多陪你几天。

不知道是对你和妈妈突然离婚的不适，还是因为自己的生活一团糟，不想面对你们和其他亲戚，又或者是不想面对醉酒的你，总之，我很没出息地逃跑了。

和以往每次你们为我的事情争得面红耳赤的时候，我躲回房间把头缩进被窝戴上耳机看电影一样，我又一次很懦弱地选择了逃避。

我知道，你一个人挺孤单的，但我还是希望你不要生我的气，因为自私一点地讲，我过得也挺难的。

一个人在北京，接不到戏，赚不到钱，好几次我都想放弃了，但一想到小时候我妈神情笃定地说我能成角儿的样子，还有你想都没想就直接否定的样子，我都想再坚持一下。

所以我拼命地跑组，见导演，等机会……

这些年来，我一直是你和妈妈争论不休的焦点，想必你们分开和我也有很大关系，这个结，我得靠自己解开。成功也好，失败也罢，我都要亲自找出个答案来。

你知道我的，认死理儿，脾气也倔，所以我再给自己一年的时间，要是还没混出个名堂来，我就回成都陪你养老。

我还记得上次你托关系给我找的那培训学校的工作呢，活少钱多，要是演员真做不下去了，我就去试试，也挺好的。所以，你不要担心我，也别过来找我啦，我会好好的。

哎呀，好久没写信了，也组织不好自己的语言，估计又要被你骂了。

不出意外我现在已经快到北京啦，你照顾好自己，少喝点酒。

希望我能很快成为你和妈妈的骄傲。

希希

老于看着这封信，涕泗横流。

第一次做父母，很多人不知道该怎么跟孩子相处，该怎么支持他们的梦想，该给他们何种陪伴，又该怎么化解孩子心中的伤痕。这是一门艺术，并不是所有人都能无师自通。

老于只是像大多数父母那样，默默地给梦希卡上转了一笔生活费，然后放下手机点燃了一支烟，把复杂的心绪都写在愁眉里。

5

“回家后，发现北京真的是美食荒漠。”

于梦希在朋友圈发了这么一条动态，配图是回家吃的年夜饭和自己这几天叫的外卖的对比，以及一张很可爱的嘟嘴照，定位显示在北京。

“所以是回家了还是没回？”微信对话框里，一个很久没联系的头像上亮起了个小红点。

于梦希想了很久都不知道该怎么回复鲁义，总感觉太久没联系，说什么都很尴尬：“回了，又走了，哈哈。”

“晚上出来吃饭？我和几个演员和制片人朋友。别老一个人在家里闷着了！”鲁义的语气已经不似当初见面那样见外了，但还是一样温柔。

他怎么突然约她吃饭了？

于梦希揉搓着自己的头发，在家里走来走去。

“就喊了你哦，别叫别人了，晚上我送你回家。晚上六点半，新城门口西餐厅见。”

看到这几行字的时候，于梦希的脑子嗡了一声，像轰隆而过一列火车。她赶紧给小米拨了电话，嘴上一直念叨着：“什么情况，什么情况？”

小米没接于梦希的电话，这让她更抓狂了，在家里开启暴走模式。

“先不急回复，先不急回复。”于梦希深吸了一口气，把手机丢在一边，决定在小米回复自己之前，先做点别的事转移一下注意力。

所有衣服被于梦希按照颜色挂得整整齐齐，零碎的摆件、生活用品全都被收纳进透明的工具盒里，已经落灰的花瓶被擦得锃亮。

一下午过去，家里焕然一新。

于梦希累出了一身汗，可也初见成效，家里看上去舒服多了。站在进门处做了最后一轮“视察”，于梦希满意地点了点头，心情大好。

“叮叮……”电话响了，是一个北京的陌生号码。

“喂？”于梦希冲过去，赶忙接起来。

“忙什么呢，都不回我信息？”电话那头的声音很像鲁义，但因为没确定，于梦希又不敢贸然称呼。

“啊，我，你……”于梦希边敷衍边打开微信对话记录，查找之前鲁义留过的电话号码。

“好啊，不仅不回信息，连电话都不存，今晚必须自罚三杯啊。”

这样说，那是鲁义没错了。

于梦希没有存电话号码的习惯，何况对方是一个在酒局上认识的已婚男子。

“啊我错了，忘存了！”于梦希回起话来很紧张，喉咙都有些发干。

“哈哈，逗你的，快点收拾收拾出门吧，地址发你了。晚点见！”还没等于梦希答应，鲁义就挂断了电话。

这时候，小米也“适时”地打来了电话：“怎么说啊，人家大制片人想见你，你都不见啊？”

于梦希这才知道，鲁义提前跟小米嘱咐过了，今晚一定要把她喊出来。

“可我觉得很奇怪啊，我们就见过一面，也不熟，而且今晚那么多人，我肯定会瞬间‘社死’的！要不你陪我一起去吧，好不好？”于梦希坐在懒人沙发上，噘着嘴一脸哭相。

“我在厦门呢，你忘了？哎呀，你放心吧，鲁义肯定会照顾你的！”小米的话听起来倒很真挚，“你现在要做的，就是不要折腾，赶紧洗个澡化个漂亮的妆，出门，晓得哦？”

“哎呀，烦死了，去也不是，不去也不是！”于梦希翻了个身，整个头埋在沙发里。

架不住鲁义的热情，思考再三，她答应出门。

对鲁义越是不能动心，就越是不能用心，不到半个小时的时间，她洗了个澡，简单吹了下头发，素颜出门了。

“你来了！”一看到于梦希，鲁义朝她招了招手，示意他旁边的位子是给她留的。

今晚是鲁义组的局，他坐在最中间的位置。于梦希站在门口，眼看着要绕过那么多人走到最中间，瞬间觉得更尴尬了。

倒是鲁义显得很自在，他的眼神从于梦希进门起，就再也没从她身上挪开过。

清新的素颜，白皙的皮肤，和第一晚见面时一样，于梦希给人一种很特别的印象。

她像只慌张的小鹿，拘谨地落座后，注意到了在场的有好几个人在打量她。

这个饭局上，有演员、制片人，还有一些做金融的投资人，每个男人都带来不同的女性“朋友”。

于梦希大学是学表演的，学得最好的一门课就是人物观察，很明显，这些人并不是男女朋友关系，但也不是一般朋友关系。

这让于梦希觉得很不舒服，全程都表现得十分拘谨。

“想吃个虾吗？我剥给你。”鲁义对于梦希的态度像变了个人似的，与他之前极具边界感全然不同。

“等下吃完我要回去了，都是你的朋友，我好不自在。”于梦希摇了摇头，小声对鲁义说。

“等下要去唱歌，你也去吧！”他环视一圈，没人注意到他俩在低语，“过年在家这几天都憋坏了，大家好不容易出来透口气，你别扫兴行不行？”

“我不是扫兴，我是觉得哪里怪怪的。”于梦希今晚已经不止一次这样暗示鲁义了。

“别管那么多了，晚上去坐一会儿，可以早点走。”说着，鲁义手里的虾已经剥好了。

那一晚于梦希被彻底灌醉了，她是怎么坐上鲁义车的，她自己也记不清了，只隐约记得到了酒店，虽然按照约定开的是双人间，可鲁义还是想强迫自己做什么。

努力保持着最后一丝清醒的她，狠狠地在鲁义胳膊上咬了一排牙印。见她态度如此坚决，鲁义只好就此作罢，倒头睡去。

“你经常这样吗？”于梦希第二天酒还没醒，晕头转向地问道。

“哪样？”鲁义倒清醒，这会儿已经在梳头发整理衣服，准备去上班了。

“在外面喝酒，然后……和女孩过夜。”于梦希抓了抓被角，有些不好意思。

“第一，我没和你发生什么；第二，你是第一个让我这样的女孩。”鲁义的语气有些不快，现在的他和昨天的他判若两人，说话感觉很冷漠。

“我去上班了。”鲁义见于梦希没有反应，不再多说，甩下一句冷冰冰的话就出门了。

那天以后，鲁义有段时间没联系于梦希，反倒是于梦希心里一直想着他。

第一次见面，他是邻家好男人，自己无法企及，却莫名对他有好感。

第二次见面，他是对她暧昧不清的人，忽然而来的热情让她想努力保持距离。

在那以后，他是褪去热忱变得冷淡的人。究竟是他对自己失去了兴趣，还是自己的行为令他伤心了？

于梦希心里像过电影一样想着，忽然，她打了个寒战：“鲁义是有妇之夫，自己居然琢磨起他来，还在这胡思乱想，实在太过分了！”

于梦希甩甩脑袋，在网上下单了瑜伽课，想让自己充实起来，赶快忘了这段小插曲。可没想到，这段插曲并没有很快结束，反倒没多久就有了后续。

两个人再一次遇见，是在共同好友的朋友圈里。于梦希给一位男生朋友留言，鲁义回复了她。

这个名字好似离自己生活好远了，怎么又突然出现了？

于梦希盯着手机屏幕愣了半天。

“最近好吗？”于梦希还没想好怎么回复鲁义的评论，就直接收到鲁义的信息。

“挺好的。”她佯装冷静地回复着，心却在怦怦直跳。

“晚上一起吃饭吧，我在你学校门口那家烤肉店订了位子，六点，就我们俩。”鲁义到底是制片人，说话做事都有一股莫名的威压和极强的控制欲。

“好。”令鲁义感到诧异的是，从前那个优柔寡断的于梦希，这一次几乎没犹豫就答应了。

她不仅轻松地答应了，还精心化了妆，选了漂亮的衣服。她想努力接近鲁义，探究清楚他想做什么，以及了解他是一个怎样的人。

那天晚上两个人聊了很多关于文学和电影的话题，气氛轻松而愉快。

鲁义送于梦希回家的时候，提出想上去坐坐。

于梦希心想鲁义终于还是忍不住了，那就索性配合他演出戏。如果等下到家后，对方提出过分的要求，那她就一次性把话说清楚，当面揭穿渣男！

但没想到，刚到家坐下来，鲁义就借着酒劲哭了起来。

照鲁义所说，他很痛苦。从见到于梦希的那一天起，他就一直在与内心那个道德感极强的自己做斗争，到底是要稳定的婚姻生活，还是听从自己的内心，他无从抉择。

他还说，第一次见面那天，他整夜没睡，脑海里想的除了自己并不成功的婚姻，就是和于梦希相谈甚欢的画面。

他提醒自己，可能就是一时动心，千万要克制，不要刻意创造机会见面。

直到有天他无意间发现自己妻子出轨，两个人现在准备协议离婚。

那天晚上鲁义和于梦希聊了很多，关于于梦希的工作，关于鲁义和他老婆的过去，关于他们两个人的未来……

虽然于梦希并没有同意鲁义要发生关系的请求，却也被他含情脉脉的一面所打动，又心疼他的遭遇，两个人搂在一起，热吻了片刻。

那天之后，于梦希和鲁义便以“男女朋友关系”相处了，就连小米都很难相信，责任感那么强的鲁义和道德感这么强的于梦希居然这么快就在一起了。

他们像普通情侣那样，一起看电影，一起去吃好吃的。鲁义出差的时候会带上于梦希，于梦希和妈妈打视频电话的时候，偶尔也会让“男朋友”出镜。

然而，这份甜蜜没有持续很久。于梦希发现，这两个月，鲁义带自己去的场合，多数是一些兄弟哥们儿在的酒局。他们会叫很多女孩来玩，但都不带自己的另一半。鲁义没有像以前说的那样，将她以他的女友的身份推荐给熟识的平台和导演。于梦希总感觉他在规避某种风险。

就连她几次催促鲁义办理离婚手续，鲁义也都以诸如“快了”“在办理中”作为回答，他和妻子谈判的聊天记录也不愿意拿出来。离婚没有任何实质性进展，于梦希不禁心生怀疑。

“会不会我只是他无数婚外情对象中的一个，他厌倦了或者我忍不了了，我们的关系就结束了？”于梦希不止一次向小米哭诉，这种暗不见光的日子太难过了。

小米看着瘦削了一圈的闺蜜，实在于心不忍，就给她出了个主意，要抓住一个男人的心，不如用孩子拴住他。

那段时间于梦希的整个脑子都是乱的，她每天都活在自我安慰和自我怀疑中，痛苦不堪。虽然明知这不是一个好办法，但她最终还是照做了。

原以为这个办法能让自己轻松一些，可她在“骗”过鲁义之后，整个人陷入一个新的深渊。

如果真的怀上了孩子，该怎么告诉鲁义这个事情？鲁义是会生气还是会开心呢？如果鲁义还是没办法离婚，让自己先把孩子打掉，又该怎么办呢……

带着这副痛苦面具生活，于梦希变得很狼狈。

生理反应来得很快，没多久，她就先是吃不下饭，然后开始出现呕吐的症状。

于梦希盯着电视柜，抽屉里锁着的是她两周前买的验孕棒，现在即将用它来验证心里那个猜想。

她颤抖着身子爬到电视柜旁，打开抽屉从药盒里拿出验孕棒，身上、头上全是汗。

不过，一连试了两次，都没有出现怀孕的表征。

反复确认后，于梦希钻进被子里，发疯似的号啕大哭。

哭是庆幸，庆幸自己没有怀上孩子，被爱情冲昏头脑犯下的错，如今适时收手还来得及；哭也是不幸，以子逼婚是她能光明正大和鲁义在一起的最后筹码，没有了孩子，像往常一样苟且下去，自己还能撑多久呢？

事情已经进展到这一步了，为了能尽快验明鲁义是否真心，她制作了一个假的验孕结果，想看一下鲁义的反应。不出意料地，鲁义先是好言相劝让她打掉孩子，在遭到于梦希的拒绝后，他又以死相逼。

两个人之间爆发了激烈的争吵，于梦希这才看清楚鲁义的真面目，他同她见过的许多男人一样，不过是多披了一层伪善的外衣罢了。

那段时间于梦希把自己关了起来，不出门工作，鲁义怎么找她她都不见。她白天在床上躺着，两眼放空，心也空空，晚上熬夜刷视频，靠酒精入眠。她不是没去医院看过心理医生，只是诊断书上写的“中度抑郁”，让梦希感到更绝望。

她想走出来，可是，一边是无尽的深渊，另一边是无涯的苦海。

6

接到小白视频的时候，老于已经比上一次跟她视频的时候瘦了一圈。

“叔叔，你怎么又瘦了，最近身体不舒服吗？”这几年，小白跟于梦希关系最亲近，所以自然而然对老于也很关心。

“没，就是戒烟戒酒了，胃口不适应，体重就往下掉嘛。”

小白看着视频里的老于，他看起来真是老了很多，眼角、额角的纹路越发清晰。

“行，您还是得多注意身体。”客套话说完，小白直奔主题，“我今天找您，还是为了梦希的事。她这段时间不是心情不好嘛，不进组，也不见人，身边人都很担心她。我觉得能让她尽快恢复的办法，就是工作。您说多巧，之前她试过一部戏，导演很喜欢她，但是平台没看中。结果那部戏红了，导演现在是S级（S级指文化市场出品的电视剧的特殊待遇，包括制作预算和演员水平等；S：电视剧电影高级版本），很有话语权，今天他联系我了，说有个很重要的角色想让梦希去试试呢！”小白说这话的语气喜忧参半。

“你觉得，她现在能拍吗？”老于读懂了小白的担忧，也不禁迟疑了起来。

“叔叔，我觉得她必须要去，哪怕再难，也要去工作，去见人，去跟社会产生联系。她现在整天在家里瘫着，再这样下去，整个人就废了。”小白思虑再三，还是给出了自己的答案。

“行，我来想办法。”老于应了下来。

这部戏是平台今年最看重的项目，已经在上海开拍了，可平台指定的女二号表现得一直不如人意。刘导很耐心地帮她调整状态，但最终效果不如人意。他本着为作品负责的态度，和平台商议换人重拍。

于梦希飞去见刘导的机票是老于买的，据说她要试镜的角色很多人抢着不要片酬都想来。老于还特地多转了一万块到梦希的卡上，嘱咐闺女不要辜负导演，要是能演，就好好买个礼物感谢导演的赏识。

不同于以往每一次试镜，这一次的角色，是一人分饰三重人格的精神病人。

刘导见到面无血色的于梦希的第一眼，就认定了这是他要的感觉。他开玩笑地说："今天就把合同签了，直接演，你现在就挺在状态的，我怕你回去后'好了'就记不住这种状态了。"

被认可的于梦希努力克服情绪问题，酣畅淋漓地在片场诠释起角色来。在曾经自己最热爱的世界里找到自己的坐标，于梦希好像活过来了，她决定振作起来，忘掉过去的种种，重新开始。

在剧组的四个月时间里，于梦希体会到了前所未有的感觉，不用被人骂骂咧咧催着赶工作，有充分的空间去表达自己对角色的理解，有充足的时间去休息去体验。

"于梦希靠实力替换掉某流量小花"，这一消息很快就在圈内传开了，以至于戏还没杀青，于梦希手里就已经握着两个找上门来的剧本，只要她点头，立刻能签合同。

然而事业刚刚起步的于梦希并没有第一时间飞到北京见导演，而是买了回老家的机票，想去看看老于和妈妈。

当初老于打了好几通电话，于梦希才勉强答应飞去上海见导演的。在这些好言相劝的说辞里，有一条最打动于梦希，那便是："倘若你能试镜成功，我就戒酒，爱护自己身体，并且正式和你妈妈认真认个错，把这些年对她的愧疚都说清楚。"

于梦希高高兴兴地在网上买了各种礼品、营养品，想好好和家人分享现在自己的状态，也终于可以大声告诉他们，自己已经找到了那个“答案”。

可刚进家门，她就意识到不对。

陈旧的家里堆了很多东西，地上、桌上全是杂物。除此之外，原本很清静的家里，还多了很多亲戚，大家见了她都没太多的热情。

穿过人群，于梦希看见小姑泪眼汪汪地看着自己，心里一下就慌了。她腿有些发软，抱着小姑悄声问：“怎么了？”

小姑哑然，她转过头，不想让梦希看见她脸上的眼泪，只用手指了指老于卧室的方向，示意梦希赶紧去看看。

床上的老于已经瘦得皮包骨。

老于先是因为突发脑梗进了医院，又在全面检查时查出已是胃癌晚期，现在已经在做保守治疗了。从发病到如今的样子，才短短不过三个月光景。

于梦希扑通一下跪在老于的床前，眼泪像泄洪似的，一颗颗重重地砸在床单上，晕染出绝望的花来。她泣不成声，把头埋得很深，嘴里一直念叨着：“爸，我演了大戏，日子刚好一些，你可千万不要离开我，求求你好起来……”

床上的老于昨夜病情突然恶化，原本还能撑住一口气，和女儿好好道个别，如今他眼睛直勾勾地盯着天花板，任梦希怎么哭怎么喊，都不曾有一刻动容。

7

老于走后，于梦希的事业一点点好转，大红大紫倒没有，但总归不再窘迫，可以跟随自己的心去挑选角色和剧本了。

年过30，她已经习惯了有戏拍的时候就出去工作，没戏拍的时候就在家里做做瑜伽和冥想。现在的她从容、沉稳，珍视自己内心的力量。

她养了只小狗，还把家从北京搬回了成都。

于梦希在成都住的小区叫金棕榈，名字和她一直梦寐以求的戛纳金棕榈奖有关。说来，这套房子还是老于交的首付。

老于去世后，给梦希留了一套房和一封信。

宝贝女儿：

好像一辈子，我都没这么叫过你，但现在好怕再不叫这辈子都叫不了了。

你正在拍一个大导演的戏，听小白说，你很努力，真好！老爸也在努力，努力一点点恢复，争取能撑到你从剧组回来。

你别怪他们不告诉你啊，你混了这么多年，都没完完整整拍过一部大戏，要是我命够硬，咱爷俩都能挺过去，你也给爸演个好作品，让我能到处吹吹牛！要是我没撑住，你也别赶回来看我半死不活的样子，没啥用，也不好看。

我不愿你瞧见我的最后一面，是那个样子的。

希希，爸爸平常对你关心甚少，但我知道，你一直是个很优秀的孩子，不管是读书，还是后来工作，你坚定、有方法，最重要的是你很善良，善良的人就一定能遇上很多贵人，你看你现在就是。

说到这，你就当我倚老卖老地对你说教，可不许烦！

当初你跟那个已婚的制片人在一起，我是飞去了北京的，但我始终没敢把你叫到面前来。小白说以我的脾气，肯定要一个耳光打过去。

我去找了鲁义，也找了你所谓的好朋友小米。我一把年纪了还要求他们两个毛孩子，劝他们不要再在这条路上害你。希希啊，你是一个多么正直、有责任感的孩子，以后可千万不能再犯这样的错！

我知道对于爱情，咱们两代人看法不同，但基本原则还是要守住的。还有，你别老想着我和你妈分开的事，那年过年你离家出走后，我就把酒戒了，也找你妈坦诚地聊了一次，虽然她还是没回心转意，但也算是对过往释怀了。

我们俩现在好着呢，每周都打电话。真的，前两天她刚看完我回去。

我这人吧，一辈子教书育人，桃李满天下，却不是一个称职的父亲和丈夫。你艺考那年，家里缺钱，我去跟学校申请加班费，想着多盯几个晚自习，能让咱家的经济状况宽松些。

谁知道教学主任提出要跟我合办课外补习班，以此赚些外快。被我拒绝后，他便一路给我穿小鞋，直到找机会辞退我，我才染上了爱喝酒这臭毛病。

嗨，你说这人老了，倒学起你们小孩子那一套，撒起娇了。要不是怕我走了以后，在女儿心里留下不好的印象，这点陈芝麻烂谷子的事，多少年了我都不愿提。

你妈挺理解我的，前阵子我跟她把话说开了，两个加起来过百岁的老家伙，还抱在一起哭起来了。所以等你长大了、老了，自然就能懂我们，爱情和婚姻本是一码事，两个人之间有根线，牵着，就连在一起：就算断了，也不是绳的问题。两个人如果能在这世界上继续安好地活着，咱就不纠结这绳断不断的事了，都过去了。

我倒是希望，你能尽快找到那个愿意一直牵着你的人，俩人往前好好走。但丑话说在前头啊，要是哪天这线断了，你也得像现在一样，挺起腰板、鼓足勇气往前走，遇到再大的困难都要好好活着。

希希，我从前老想，要是我女儿在北京过得不开心，干脆回来算喽。你喜欢演戏，咱就在这边找个话剧团，老爸当你的观众，我那退休群里就有好几十人呢，反正闲着也是闲着，给你捧场去。

你说想去戛纳，那得多努力往上爬，才能去看一眼高处的风景？哦，说到这，我攒了一辈子钱，才勉勉强强给你凑个首付。金棕榈那套房，是用我这老房子做的抵押，我交代你小姑了，走了以后都帮你处理好。以后你累了、倦了，不想拍了，就回家来，站在窗边往外看。这里有你想要的一切。

希希，话说回来，老爸还是担心你在演艺圈受欺负。以后老爸走了，你一定要保护好自己，明辨是非，守好底线。

你得记着，一个人在世，不是为了追求名声、金钱、威望来的，而是要追求内心实实在在的快乐。你的感受，比一切都重要。

一个人尽管每天过着纸醉金迷的生活，但他的内心空虚、焦虑、不健康，又有什么用呢？我宁愿你是个朝九晚五的普通上班族，至少你的心安定、踏实，你在做的每一件事都有意义。

希希，老爸这一生走完了，你这一生才刚刚开始，好好把握你的人生，让它尽量精彩、漂亮、丰富。以后的路虽然你要一个人走了，但不要怕，你在的地方，是家，在家，就有老爸。

如果再碰到过不去的坎儿，你就在心里想想老爸，我会在天上感应到，帮助你走出难关的。

愿你能平安、自在。照顾好自己和妈妈。

爱你的老爸

8

又是一年春天。

街边的树争着冒出了绿芽，阳光毫不吝啬地穿过云雾洒下来，送小孙女上学的老奶奶手里拿着书包，踩着滑板的男孩潇洒地从她们身边掠过。

这些都是一个活明白的女人抱着双臂，站在金棕榈那一整面落地窗前看到的。

屏风

青春期里那些大张旗鼓捣乱的背后，其实都藏着
不动声色的喜欢，可有些喜欢，注定要藏在心底。

屏风

1

陈一是林德高中的风云人物，成绩好，长得帅，刚入校就被选为升旗手。每次升国旗的时候，无数的暗恋者在台下看他。他虽然为人亲和，但性格内向，所以朋友不多。

他一直保守着一个秘密——他的父亲其实就是林德高中的席校长，而他随母姓。

林德高中校风严谨，近些年网络信息技术发展迅速，林德却并没有紧随互联网教学的浪潮，还是坚持传统的教学方式。

这个学校已经很久没有再出过高分考生，生源自然也跟着差了些。

陈一的父亲一直努力想让林德高中重振当年的辉煌，而这也是他执掌林德的最后一年，因此在治学管理上格外严格。

但是陈一并不认同父亲的做法，他觉得人的青春只有一次，要去尝试更多的事情，才有机会知道自己的兴趣所在，从而找到人生的坐标。而高中恰恰是一个人成长最重要的阶段，如果只顾着埋头读书，会抹杀人才能的多面性，所以他一直努力说服父亲要发展素质教育，却屡遭训斥。

陈一入学的这一年，学校只保留了文学社和数学协会两个社团，一年组织一次征文和数学竞赛。

可开学没几个月，文学社和数学协会就因为两个高一同学的参与而热闹了起来。

这两个人，一个是文学社干事丛苡卿，另一个是数学协会理事邓飞。

丛苡卿入校时成绩仅次于陈一，以她的成绩，本可以去市里一所教学条件更好的枫叶菁英学校，却因为家庭困难，不得已来到林德高中。

她是由陈一的父亲亲自面试的，学校不仅免除了她高中三年的学费，还破例给了她一笔奖学金作为生活补贴。

邓飞就不同了，作为典型的富家子弟，他原本就读于市里的枫叶菁英学校，后来因为多次反对老师的教学方式，加上偶然卷入了一场打架斗殴事件而被处分。

家里希望他好好念书，于是给他转学到郊区的林德高中，这里全都是埋头苦读的学生，生活简单低调。

从苡卿进入文学社后，手写了十几份文学社纳新公告，上面很清楚地写着："凡是对文学有所热爱的同学，都可以参加。"

文学社每周六中午会在学校的图书馆举办一次读书会兼例会，每次读书会后，以从苡卿为首的社团骨干会将提前整理好的征文信息公示给所有成员，与会成员只需要将写好的文章交给社团，便可以有机会投稿给各大杂志和征文赛事。

在小镇上读书的学生，消息闭塞，对投稿的路径和信息并不熟悉，而文学社正好起了引荐的作用。

从初中开始文章就经常见报见刊的从苡卿还特别说明，积极性高的同学，可额外获得内推杂志编辑的机会，因此文学社吸引了不少热爱文学的同学。

文学社初期的经费是从苡卿自己垫付的，后来经过商议，文学社成员发表文章的一半稿费要交给社团，用于社团的日常运营、排版印刷社团刊物等。

这样一来，文学社成了自负盈亏的学生组织，各部门各司其职，大家参与的热情很高。

邓飞在枫叶菁英学校读书时，就是数学协会的联络人。来到林德高中后，他不想闲着，主动加入了数学协会并成为理事。

数学协会每月组织两次奥数训练，聘请的是校外专业的奥数教练。协会还会不定期举办各种奥数比赛，采用积分赛的方式，积分较高者，可以参加全国各大数学竞赛，产生的费用都由邓飞承担。

对于数学协会的成员来说，非但不用担心日常训练的成本，还可以免费学习奥数，更有机会去全国各地开拓眼界。最重要的是，一旦拿了奖，还可以为高考加分，一时间学生们报名火热。

陈一见两个社团蓬勃发展起来，内心颇感欣慰。不过，学校里叫得上名字的积极分子都参加了，而他纹丝未动。

原因很简单，陈一既羞于参加丛苡卿组织的文学社，也不想参加高调的邓飞统筹的数学协会，他只默默观察着这两个社团发生的一切，又或者说，默默观察这两个活跃的同学就好了。

2

“高一（8）班的邓飞同学，高一（13）班的丛苡卿同学，听到广播后请速来教导室，听到广播后请速来教导室。”

近些日子出尽风头的两个人被教导主任传去，想都不用想，肯定是学校要出面插手社团的事，让大家以学习为主。

这一节原本是活动课，大家可以自由选择要做的事情，可林德高中活动课的传统，向来是全员在班里自习。

格外清静的楼道里掠过三个匆匆的影子，除了那两个被教导主任叫走的同学，还有一个是陈一。

“爸，您是不是要叫停文学社和数学协会那两个社团？”陈一跑着碎步，抢先一步来到离教学楼不远的校长办公室。

“嗯。最近这两个社团有些过于活跃，影响了整个年级的学习氛围，我让王主任提醒提醒他们。”席校长起身对着陈一，说起话来语重心长。

“可您有没有想过，这两个社团已经如火如荼地开展起来了，如果您这个时候叫停，会产生什么样的后果？”陈一站在办公桌前，一脸严肃地反问。

“顶多是嘴上抱怨两句罢了，还能造反不成？学校会妥善处理的，你回去吧。”席校长的两只胳膊抱在一起，神情颇为笃定。

“据我所了解，这两个社团的负责人，都不是能轻易搞定的人，如果您在这个时候叫停社团，他们要么选择反抗，博取同学们的同情心，激起大家的逆反心理，生出事端；要么想尽各种办法避开学校的管理，悄悄进行。”陈一条理清晰地道，“这两种方式，恐怕都对林德不利。”

席校长不语，端起茶水喝了一口。嘴里有片茶叶，他含在嘴里轻咀着，眼睛眯成一条缝。

“我有个办法，您看是否可行？眼下林德最担心的，是参加社团活动的学生热情太高，耽误了学习，那我们索性就降低一部分同学的热情。通过精简两个社团的参与人数，筛出不适合参加社团活动的同学，让他们专心学习。而另一部分被允许参加社团活动的同学，他们或天赋异禀，或实力超群，我相信这样的同学一定能平衡好课外活动和学习之间的关系。况且，要是因为参加社团而提高了语、数成绩，或是拿了名次获得高考加分资格，岂不是美事一桩？”

席校长方才还愁眉紧锁的脸上这会儿绽开一抹笑，他用手指了指高出自己两个头的儿子：“你啊，真是人精，什么事都想得那么妥当。我看，以后读完大学，你干脆回林德来吧！”席校长说着，给教导主任打了通电话。

陈一攥紧的拳头终于放松了些，笑了出来。只是，他并不是为父亲夸赞自己而感到开心，而是为了那个人……

从办公楼出来，活动课还没结束，陈一和邓飞还有丛苡卿打了个照面。

秋天的校园很素净，石子路上铺满了金色的梧桐叶，只是今天雾气很重，不然定会很好看。

不多的阳光从陈一的背后投射过来，他背着光，双手插兜，脸上笼着一层阴影，倒也棱角分明。

虽然刚刚教导主任松了口，同意继续开办社团，但他没给邓飞和丛苡卿什么好脸色，导致两个人的情绪都有点低沉。

“哟，你怎么出现在这儿？该不会是你打的小报告吧？”邓飞言语里火药味十足。

这是陈一和邓飞第一次见面。两个人都没正眼看对方，一个心里认定了对方是个纨绔子弟，一个心里甚是反感严肃多事的校长儿子，谁也没把对方放眼里。

哦，说到陈一和席校长的关系，邓飞恐怕是学校为数不多知情的人。

早在他转学来的前几天，邓父拜访了校长，托他多多照拂邓飞。当时陈一正在父亲那里。

从那天起，邓飞耳朵里就多了一个叫陈一的名字。他是两家人口中“品学兼优的好孩子”。

直到今天在教学楼前一见，邓飞终于从陈一身上感受到了那种说不上来的魅力，像清冷的冰川被阳光晒后的感觉，清新，宁静。和邓飞完全不同，他虽孤寂，却自有力量。

邓飞还是第一次碰见比自己气场强的人，在对方面前，不知怎的，自己竟感到一股威压，于是刚刚只好假装浑不在意，出言调侃陈一，来掩饰自己的不自信。

然而陈一并没有理会邓飞，而是被丛苡卿似有什么话要讲的眼神吸引。

她束着高高的马尾，清澈白皙的脸颊仿佛在完美诠释“清水出芙蓉，天然去雕饰”。不过丛苡卿也只是嘴角微微动了一下，最后什么也没说，从陈一的身边经过后走向自己的班级。

那天之后，文学社和数学协会照办，只是精简了成员。而陈一、丛苡卿还有邓飞之间的故事，也随之缓缓展开。

3

邓飞再次见到陈一，是在一堂两个班合上的体育课上。

这天天气很好，他们两个仔细看清了对方的样子，都非常震惊。他们从没想过，两人在某些方面很相像，连声音都很相似！

带着好奇，邓飞迫切地想要接近陈一。自由活动后，他抱着篮球向陈一发出一对一的邀约，谁知陈一完全无视他，说了句自己不会打篮球，便独自一人跑圈去了。

陈一越是冷漠不理，越是激起了邓飞的好胜心，不管是在林德还是枫叶菁英，还没有人不想跟邓飞做朋友的。于是，他决定用各种方式引起陈一的“注意”。

邓飞先是无视学校的规定，翘掉某一堂体育课，跑到校外去买周杰伦的专辑。然后在下节体育课老师要求罚跑时，把陈一推出队伍，硬说是陈一要自己帮他做学生会的工作。陈一想着多一事不如少一事，并不想和邓飞扯上太多关系，于是接受了两个人一起受罚的要求。

跑圈的时候，邓飞总是冒头跑在先，然后转过身边倒着跑边看向陈一：“你干吗老是拒人千里之外啊？我又没欠你钱。

“我跟你说，跟我做过朋友的，后来都发达了。

“咱俩要不比比速度吧，听说你挺能跑的，看看咱俩谁能跑过谁？”

陈一始终专注地跑着，一个字都没说。

跑十圈毕竟是个体力活，几千米下来，陈一还呼吸均匀，神情淡定，邓飞早就体力不支、叫苦连天了。

那节课后，邓飞可是彻底“记了仇”。他见陈一宁愿陪着自己受罚也没有搭理自己的意思，又发起新一轮攻势。

他偷偷观察陈一的社交平台，每周五下课，陈一都会发一张足球鞋的照片，配一段心灵鸡汤式的文案。

于是邓飞也偷偷加入周五的足球联赛，技术不差的他本想轻松从陈一脚下把球抢来，潇洒地带球射门，可到了现场才发现，陈一居然是对面的守门员……

邓飞非但没机会抢到陈一脚下的球，每次自己的射门还都被他精准地拦下。

屡战屡败的邓飞并未放弃，他决定战斗直到成功为止！有一天，学校组织大家打疫苗，晕针的他把陈一拉到护士面前，想鱼目混珠，可没想到陈一也晕针。

“你干吗？”陈一还没做好心理准备就被推到护士面前，见到护士手中的针，吓得一脸惨白。

“兄弟，原来你也怕打针啊……”邓飞紧紧抱住陈一，把头使劲埋到他的肩后。

方才陈一那句“你干吗”声音过大，现在满屋子人都盯着他们两个看，两个一米八几的大男生一起闹了笑话，被在场女生嘲笑了个遍，实在是窘极了。

……

就这样，陈一和邓飞的交往渐渐多了起来。陈一对邓飞再敬而远之，也挡不住他往自己身边疯狂刷存在感。

“刷存在感”这个词是某天陈一忍不住对邓飞说的，邓飞自己可不承认。他说，自己不过是想交陈一这个朋友罢了，只要他同意，自己就不再做恶作剧。

邓飞倒是说话算话，当陈一答应和他做朋友之后，他便停止了恶作剧。一心想要交朋友的他，还是做了一些“好事”的。

每天中午放学后，邓飞永远第一个冲出教室，早早地替陈一占位子，在上百号人的食堂里大喊“陈一！陈一！”

后者实在感到羞耻，不得不答应他一起吃饭的要求，前提是邓飞不要再当众大喊自己的名字。

邓飞的班级在二楼，每天早读时刻，他经过一楼陈一所在的1班时，总要学着学校里老教师的嗓音边走边说：“陈一同学，你读书太认真了，请注意表情管理。”这样幼稚的行为，惹得班里同学大笑。

再比如，早操过后，陈一班级的窗台上，一定会多一瓶可乐，拿走就等于收下了邓飞的“贿赂”，不拿又会被扣卫生成绩，这样的关心常常让陈一哭笑不得。

渐渐地，邓飞的一系列死皮赖脸行为融化了像冰川一样的陈一，两个人从一个追一个躲到偶尔一起上下学，到一起组织足球赛，慢慢熟络了起来。

4

虽然整日被邓飞纠缠，但陈一一点没减少对丛苡卿的注意。

他发现，这个看着极其理性、少言寡语的女生，会在休息的时候喂学校的流浪猫。她会一个人爬到教学楼的天台上，戴着耳机，拿手比画出四边形，框住日落。她是全年级文科最好的同学，却会为解不出一道物理难题而气得拿笔敲自己的脑袋。

这些温柔的、孤寂的、美好而可爱的瞬间，都被陈一的眼睛记录了下来。

邓飞对丛苡卿本是没太多印象的，但陪陈一偷偷观察多了，也对她生出一股莫名的情感来。

不知是青春期的男孩都爱攀比，还是她实在特别、惹人注意，邓飞和陈一暗中较起劲来。

有一天，邓飞得知丛苡卿要去义务献血，为了引起她的注意，他向同学们夸下海口说自己也要去义务献血，可他实在晕针，于是软磨硬泡找了很多说辞请陈一帮忙。

谁料，他预估错了从苡卿来献血站的时间，陈一才强忍着抽完第二管血，从苡卿就提前出现在他面前了。

邓飞尴尬地朝从苡卿招了招手，谁知从苡卿云淡风轻地递上来一袋红枣和一罐牛奶说："以后不用拿零食贿赂我室友了，留给你的好兄弟吃吧。"说完她又看向陈一，"平时替人顶罪就算了，连血都要帮忙抽两管，真挺仗义的。"

陈一愣住了，没想到从苡卿居然在注意自己，两个人之间暗流涌动，躲在一边全副武装恨不得把头都遮起来的邓飞嘴都要气歪了。

好啊从苡卿，不被我的细心体贴、大义凛然感动，反倒关心起陈一来了，这口气我必须要争回来！

幼稚的邓飞气不打一处来，决定拿出老法子，靠刁难从苡卿来获得注意力。比如，"不小心"撞翻她的午饭，"不小心"破坏她为班级做的参与评比的板报等等。

他的一系列恶作剧屡屡被陈一拦下，没能来得及阻止的，也都被陈一看在了眼里。

陈一向校长申请了两张员工餐厅的饭卡，陪从苡卿在小食堂吃饭，同桌用餐的都是自己年级的老师，吃饭时还能偶尔交流一些学习上的问题。

放学后，他偶然路过从苡卿所在的班级，发现她做的板报被涂改得乱七八糟，于是放下书包，一直做到夜里十点，才终于恢复了原样。

他一点点弥补着邓飞做的“好事”，却无意间增进了自己和从苡卿的感情。

有一次，从苡卿和陈一一起参加学校组织的清北宣讲会，会议茶歇时间，她问陈一：“像邓飞这么讨厌的人，为什么每次你都愿意替他背锅收拾残局？”

陈一没有正面回答这个问题，因为就连他自己也说不上来原因，他只是觉得，对邓飞有种莫名的亲近感。

陈一和邓飞本来就长得像，平常又都黏在一起，经常被人说是失散多年的兄弟。

有一天，陈一去邓飞家玩，他半开玩笑地问邓飞的父母，邓飞有没有亲兄弟当年被遗弃了。邓父邓母说：“你这么优秀，要遗弃也该是邓飞被扔呀。”这话惹得旁人一阵笑声。

邓飞愤愤不平，等他去陈一家，他也打算这么问上一问。谁料刚进陈一家门，校长就把他近期违规违纪的事情数落了一遍，压根儿不给他机会……

文学社和数学协会喜报连连，陈一想让学校的同学有机会尝试更多新鲜事物，明白自己真正喜欢的是什么，于是在德育老师的支持下，创建了更多的社团，美术社、篮球社、诗社……同学们根据自己的时间安排和喜好加入不同的社团，学校里呈现一派欣欣向荣的景象。

时间过得飞快，一个学期过去了，文理分科的时间到了。

陈一平时考试喜欢故意漏掉几道理科题目，给人造成他文科比理科好的假象，目的是可以跟丛苡卿报同样的文科。

可席校长在仔细分析了他的成绩后，发现了这个问题，于是坚持要他选理科。

分班后，陈一和丛苡卿因为分科而变得有些疏远，只能故意找些机会见面。与此同时，邓飞和丛苡卿的关系，却在冤家的路上越走越近。

丛苡卿是班长，邓飞是体育委员，两个人在班级里的男生和女生当中，都各有一定的号召力，因此有什么需要派同学代表参加的会议、活动，学校都会让他俩参加。

有一天放学，丛苡卿和邓飞留下来布置第二天的考场。邓飞逞强，坚持不让丛苡卿做搬桌子这类的粗活重活，只让她做一些最基本的工作，剩下的全交给自己。可这样一来，耽误了许多时间。

等到教室都布置妥当，两个人准备回家时，外面突然下起了大雨。

丛苡卿的家离学校不远，平常她都是先坐一站公交，再步行一段距离就可以到家，这雨一下，公交车也不准时了，更别说还要再走一段路。

她正愁眉苦脸时，邓飞从身后拍了拍她："坐我的车走吧。"

他头朝窗外一瞥，又补充道："你如果担心跟男生一起坐车不太好，我就在教室自习一会儿，等司机送完你，再回来接我就是了。"

丛苡卿有些犹豫，本能是想拒绝的，无奈邓飞直接把她拉到自己的伞下，推着她就往校外的私家车方向走。

“马叔，麻烦先送一下我同学，再回来接我。”邓飞一改往常的不靠谱，连说话都变稳当起来。

“砰”的一声，车门关上，从苡卿看着窗外这个平日里调皮捣蛋的男孩，脸上竟挂着几丝认真。

车子缓缓地驶离学校，邓飞小跑回教室，并没有着急自习，而是将头探出窗外，望着车驶去的方向。

雨下得很痛快，把马路冲洗得干干净净，邓飞的心里变得十分复杂。

5

时间过得很快，一转眼就到了高三。

这一年考生的数量直线上升，毕业班每个人的压力都很大。在数次全市联考中，林德高中和枫叶菁英高中的成绩排名咬得很死。

陈一有个习惯，每天睡前都要和同学打电话，有时候是聊和学习有关的，有时候是一些很家常的话题。席校长观察了很久，最终确定电话那边的人是从苡卿。

校长担心两个孩子这样发展下去会影响学习成绩，于是打电话给从苡卿的母亲，提醒她要让从苡卿跟陈一之间保持一定的距离，这样从苡卿的成绩才可能稳定在文科前三名，也才有希望获得学校的自主招生名额。

在快高考的节骨眼儿上接到这通电话，从苡卿的母亲自是焦灼不安。平日里忙着繁重的工作和家务，她对女儿疏于观察，当她发现从苡卿确实总在睡前打电话后，立刻意识到问题的严重性，重视起席校长的话。

她借口担心女儿分心，没收了从苡卿的手机，严词劝她与陈一保持距离。从这天起，从苡卿的一举一动全在母亲的掌控中。

陈一和从苡卿多少受到了些影响，两个人的成绩都有了不小的波动。虽然从苡卿表面上要强，没让任何人看出来异样，但每每在学校撞见，她做错事般躲闪的眼神都让陈一格外心疼。

就这样过了半个学期，自主招生的公告终于贴出来了，理科班这边，虽然陈一成绩有波动，但总排名依然是第一名，顺利拿到了自主招生名额。

而文科班这边，从苡卿这学期的总成绩排名第三，公示的名单上拿到自招名额的，是第一名邓飞。

从苡卿无比难过。过去两年多的时间里，她一直都是第一名，可最近轮番被家长、老师和校长约谈，影响到最后几次考试成绩，错失了这次加分的机会。

班主任安慰她说："学校担心你高考前注意力不集中、潜力下降。你也别太难过了，调整一下心态，还有机会。"

那天回家后，从苡卿恢复了平静，只是很平淡地说自己没拿到自招名额。然而从苡卿的母亲一听就红了眼眶，反复确认女儿的排名和结果后，她冲到阳台上和校长打电话理论。

从苡卿不知发生了什么令母亲这么愤怒，于是悄悄凑过去听。通话过程中，母亲几次发火，却没能得到一个合理的解释。

最终，她情绪失控地挂断电话。

母亲的头抵在阳台冰凉的玻璃上，忍不住啜泣着，从苡卿看着她消瘦的背影和稍显凌乱的头发，走过去从背后抱住了她。

曾经那些严厉的要求、令人畏惧的监视带来的怨恨都在这一刻释怀，从苡卿的眼泪滚烫地流下来。

6

一转眼到了高三下学期，学校举办动员大会。

这是高三学生最后一次参与学校的大型活动。陈一、从苡卿还有邓飞被选为动员大会的主持人，因为平常学业繁重，加上从苡卿故意疏远陈一，所以三个人到开会前才有机会坐到一起对稿子。

“我觉得这里应该由你把全部的流程念完，我再接下一项。”邓飞觉得陈一划分的主持稿太细碎了，和自己之前主持学校活动的习惯相悖。

“也没什么关系，你那一块本来和我这段不相关，按照现在的划分，咱们三个人比较平均。”陈一做事很较真。

“平均不平均没那么重要，主持看重的是节奏，你现在这样弄，节奏都是乱的。”刚开始对稿子就在这个小细节上浪费不少时间，邓飞有点不耐烦。

两个人你一言我一语地争论了两个回合，都有点面红耳赤。最后邓飞提议，让从苡卿来评理。

“听上去邓飞讲得更有道理。”这一次，从苡卿和邓飞站在了一起。

“你是真的觉得他说得有道理，还是故意和我唱反调呢？”陈一本就对丛苡卿莫名其妙的疏远感到困惑，看到她又以一种很刻意的方式站在自己的对立面，他终于忍不住问。

“喂，你俩什么情况啊？我就请了几天的病假，怎么还闹起别扭来了呢？”邓飞看气氛不太对劲，赶忙打个圆场。

“以前你躲着我，跟我说你家里不让你和我走太近，我理解。可如今你并不躲着我了，见到我却像见陌生人一样，究竟是为什么呢？我不知道我做错了什么。”见丛苡卿没回答，陈一把自己憋了很久的话一股脑说了出来。

“你没错，是规则错了。”丛苡卿最擅长说一些让人摸不着头脑的话，冷冰冰的，很简短，却杀伤力极强。

……

活动结束后，陈一凭直觉去问席校长，却没得到他想要的答案。一连翘掉三节课，他躲在操场一个很隐秘的角落哭了许久，最终还是邓飞找到他的。

第二天，学校教学楼的一楼多了一架屏风，架在文科和理科班中间，听说是席校长请人连夜运过来摆上的。这架屏风像是一条无法逾越的鸿沟，摆在陈一和丛苡卿之间。

7

时光飞逝，高考很快就来了。

陈一和邓飞被分到了枫叶菁英学校考试，丛苡卿留在本校。担心第二天路上堵车或是发生交通事故耽误高考，陈一和邓飞商量好，他提前一天前往邓飞家住下，第二天走路十分钟就可以到达考点。

这一晚，陈一和邓飞都没有复习到很晚，早早洗漱完就躺下了。

不知是高考前紧张，还是陈一和邓飞第一次一起住，两个人都有些失眠。

邓飞起身打开家里的星空投影仪，投射在卧室的天花板上，瞬间便有光斑浮动在整个房间，甚是美丽。

可此情此景与一个男生共享，多少有些尴尬。

“你喜欢丛苡卿吗？”还是邓飞先打破沉默的。

“为什么问这个？”陈一愣了一下，高考前理应不讨论这些与学习无关的话题，尤其是让自己心乱如麻的事，可他还是没忍住反问。

“你这人真是的，明明是我在问你！”邓飞笑了出来，气氛稍微活泼了些，“你既然这样反问我，那说明，你应该是喜欢的吧？”

黑暗中，邓飞一动不动，只眨巴着眼睛，等待陈一的回答。

陈一思考了许久，翻了个身，甩下一句“快睡吧”，不想再继续这个话题。

邓飞大脑一片空白。

“快睡吧”这三个字，到底是什么意思呢？

他脑补了无数个解释，却不知到底哪个才是陈一心中的那个答案。

夏日的夜晚有些燥热，尽管开了空调，也难免觉得心烦意乱。

邓飞侧过身，蒙上被子，想让自己尽快睡着。

“你可以答应我一个请求吗？”陈一的嗓音很干，明显是因为紧张而收紧了喉咙。

“嗯。”

“不管我和丛苡卿最后的结果如何，咱们都要做一辈子的兄弟。”陈一说这话的时候，语气很温柔，像是在说一段心心念念已久的台词，“能遇见如此相同的你，已经是件很不容易的事，你这个朋友，我不想失去。”

8

高考完的那个晚上，邓飞把从苡卿和陈一约来家里，一方面想帮他们打开心结，另一方面想好好庆祝毕业。从苡卿本是拒绝了的，无奈邓飞的司机一直在门口等，从母叮嘱再三，让她去了。

这一晚邓父邓母去了邻市度假，特地把房子留给孩子好好放松一下。邓飞偷开了一瓶父亲收藏的香槟，气氛一度轻松愉快。

三个人打开心扉，谈天说地，畅想未来。

这期间三个人都喝多了，讲起陈年往事，陈一和从苡卿将那些误会、隔阂都统统说了出来，说完他们才发现，原来他们彼此都挂念着对方。

邓飞见两个人有和好如初的势头，越发起哄，却只字不提自己对从苡卿的感情。

邓飞有些醉了，晃悠着起身去厨房拿水，陈一趁着醉意抱住了从苡卿。从苡卿从吃惊到拒绝再到羞涩接受，两人在渐浓的夜色中深情拥抱。

邓飞回到客厅时就看到了这一幕。他悄声往后退了几步，痴痴地笑着。

玄关和客厅之间，摆着一道古木做的屏风，透过缝隙，他依稀能看见陈一的笑靥。

邓飞悄悄地走回卧室，“大”字形躺在床上，笑着仰望头顶的星空，泪如雨下。

青春期里那些大张旗鼓捣乱的背后，其实都藏着不动声色的喜欢，可有些喜欢，注定要藏在心底。

高考成绩出来，陈一和邓飞双双夺得高考状元，邓飞没有选择文科生梦想的学府北大，而是报考了分数线更高的清华，从苡卿被北大录取，与陈一同校。

进入大学的陈一光明正大地追求了从苡卿，俩人甜蜜而高调地在一起了。而邓飞则一改往日不靠谱的形象，潜心数学研究，一心想去斯坦福大学攻读硕士学位。

又是一年开学季，席校长因带出了一届优秀的毕业班而被留任，此刻他正在主席台旁指挥着开学典礼的布置，等下他将发表慷慨激昂的演说。

陈一、从苡卿和邓飞三个人的照片被挂在学校进门处的橱窗里，每每有新同学走过，都不免指着光荣榜上的人发出一阵赞叹。

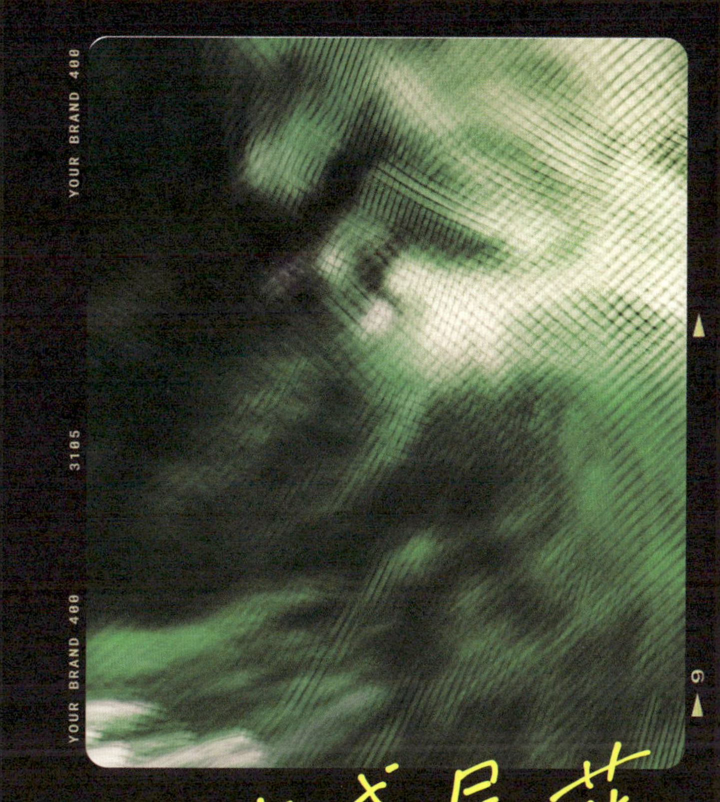

星夜与鸢尾花

《星夜》与《鸢尾花》是印象派画家凡·高的作品，也是他被这个世界记住的符号。它们传递着完全不同的感觉，或鲜丽，或忧郁，就像我们每个人都有不同的一面。

星夜与鸢尾花

《星夜》与《鸢尾花》是印象派画家凡·高的作品，也是他被这个世界记住的符号。它们传递着完全不同的感觉，或鲜丽，或忧郁，就像我们每个人都有不同的一面。

凡·高用最浓烈的色彩，绘出最极致的情感，然而，所有如流星般璀璨夺目的生命，都注定会很快陨落。

有人说他被巨大的精神压力折磨得痛苦不堪，死于自己之手，也有说法认为是他杀。

真相随他而逝，消失在星夜之中，等待着去启发下一个孤独的天才。

1

故事发生在一个天才写手身上。

他叫周亦然，高中时代就开始在网站上连载自己的长篇小说。他极有天分，又非常勤奋，很快便拥有了一大批忠实的年轻读者。

周亦然有一个哥哥，名叫周亦安，虽然不似弟弟年少成名，却是周亦然写作路上的良师益友，他们经常一起探讨小说情节和主人公命运。

每周二和周六的下午，是兄弟俩雷打不动的读书会时间，两个人互相分享最近读过的书，研讨这些内容对弟弟写作上的帮助。

经过这样一个高强度的读书会之后，两个人都筋疲力尽，于是每周的这两天晚上，就成了哥俩的休闲日。他们会点很多喜欢吃的外卖，开上一瓶威士忌，在圆满推进写作任务的进度后，好好地喝上几杯。

大四那年，周亦然在周亦安的鼓励下，参加了一场含金量很高的文学比赛。他没有选择用自己最出名的那部作品投稿，而是凭借一篇原创小说意外地获得了冠军。

就连他自己都没有想到，这样一篇并未经市场检验的作品，居然得到当时一位德高望重的评委会委员的青睐，亲自出山替他推荐，一时间不少出版人向他递出了橄榄枝。

颇为顺利地，周亦然获得了出版自己第一部文学作品的机会。

要说命运，还真是一件很奇怪的事，周亦然小时候原是最不喜欢看书的，要不是哥哥强迫自己阅览，他也不会有今日的储备与功底。

哥哥周亦安虽然文采飞扬，却不希望受人瞩目，于是他鼓励弟弟选择走这条路。

所幸命运待兄弟二人不薄，周亦然的新书一经出版便迅速走红，成为了当年的超级畅销书。

毫不夸张地说，当时还没毕业的周亦然走在大学城的路上，身边每经过十个人，必有一个向他招手问："你是周亦然吗？"

过分受到关注对周亦然来说，并非是一件好事。为了能够专心写作，他从学生宿舍搬到了学校周边的一间公寓，每个深夜点起的灯，是他孤独又飞扬的思绪。

成名以后，周亦然还是坚持和哥哥开读书会，只是不同以往的是，哥哥提出多找一些朋友参加，这样一来可以拓宽读书面，二来可以聆听更多人的经历，丰富素材，对写作很有帮助。

他们把时间定在每周六的下午，以视频的形式开展，并公开招募读书会成员。

消息一经发布，应召的人发来的邮件很快塞满了周亦然的邮箱，他实在看不过来，只好从来信者的ID和标题入手，筛出一些有趣的灵魂。

第一期读书会比原计划时间延迟了两周半才开始，精挑细选的五位成员都是阅读量丰富、表达能力良好的人。这里面，有一位掩藏了自己身份混进来的女生，她叫马舒婕。

马舒婕比周亦然大三岁，北师大中文系毕业，是一家知名出版社的编辑。她的业务能力很出色，却一直没有机会接触到顶级作者施展拳脚。

而周亦然选中马舒婕作为读书会成员的原因非常无厘头——马舒婕和自己有共同的文化偶像——凡·高，刚好她的ID昵称是凡·高《鸢尾花》的英文Irises（鸢尾花），这也是周亦然最喜欢的一幅作品。

让马舒婕加入实在是个正确的选择，她做读书会的主持人，读书会的节奏轻快，效率很高，成员间充满信任。

他们会在谈论《失乐园》时，分享自己父母婚姻的故事，会在读《京华烟云》的时候，翻出祖辈留下的旧物。当然，他们也会读《情绪的毒，身体知道》这类轻松又实用的小书……

氛围一度极好。

2

读书会开展了十期，转眼到了北京的冬天。

安河桥下的水已经冻成了冰，周亦然的新作也完成得差不多了。

马舒婕鼓足勇气约周亦然出来喝咖啡，虽说他们已经在网络中见过，彼此之间不算陌生，甚至对彼此有不错的印象，但马舒婕始终没有向周亦然坦白自己的情况，而是一直以公司“策划”来描述自己的工作。

冬日的咖啡店带给人幸福感，一推开门，扑面而来的便是浓重的咖啡香气和令人瞬间放松下来的暖风。

周亦然点了一杯西柚汁，他喝咖啡总会胃痛心悸。马舒婕则点了一杯榛果拿铁，抿上一口，嘴角挂着白色的泡沫。

“我其实今天约你出来，是有件事想和你坦白……”马舒婕轻轻挽了挽耳边的碎发，微微垂头，脸上有一丝慌张。

周亦然出门前才和哥哥讨论过马舒婕此次主动约他是为什么，眼下，他看着坐在对面的女生一脸害羞，心里的答案要呼之欲出了。

“嗯，你说……”周亦然的眼神飘忽不定，两个人谁也没敢直视对方。

“我一直都没好意思和你说我的真实身份，其实……我是一位编辑，一个没做过畅销书、名不见经传的编辑。”马舒婕说这句话时，脸上有些怅然，神情黯淡，并没有留意到周亦然吃惊的表情。

“以前读书的时候，我也想成为作家。我很喜欢写作，也尝试写了很多东西，但最终都石沉大海。”马舒婕脸上泛起潮红，很不好意思提起这些陈年旧事，“可是，人总要生活的嘛。毕业后我找了家出版社实习，我想着，既然无法实现梦想，那怎么也要离梦想近一点！虽然没办法出版自己的作品，但兢兢业业地编辑一本书，在上面留下自己的名字，也是一件很美好的事。”马舒婕说完这句话，好似终于有了点底气，她稍稍抬头，与认真聆听的周亦然的眼神撞了个正着。

两个人随即又错开眼神，沉默了一会儿。

“说到哪儿了？”马舒婕小声嘀咕着，“哦对，出版社。我现在工作的这家出版社，你肯定听过，是业内一流的集团。其实我还挺幸运的，刚毕业就能留在这么好的平台，但就是……主编一定要我留在教辅组，每天我都在跟教材打交道……”

马舒婕到底是高才生，她懂得职场的生存之道，哪怕自己志不在此，也要先努力工作，证明自己的能力和价值。一旦时机成熟，她手握周亦然这样一个炙手可热的作者资源，自然想要跳出来为自己的未来做打算。

“我知道做教材很有意义，但我意不在此，所以我想请你认真考虑一下，能否让我做你的新书责编，给我一次开启梦想的机会。”说罢，她从包里掏出一份关于周亦然新书的修改意见和策划方案。

“这是我做的一份策划方案。要和你说明的是，你完全可以拒绝我，毕竟你也许已经有更好的选择，但我绝不是抱着成为你的责编这一目的参加读书会的。”她有些害羞，“我一开始也……也是你的粉丝。”

周亦然的心情很复杂，一时不知如何处理这么多信息，只是抿着嘴安静地听着，机械地点点头。

“如果能得到你的认可，我就可以向主编提报选题。我知道这本书对你来说非常重要，你很爱惜自己的羽毛。我看过你发到群里的一些样章，我觉得完全超越你之前的作品，我相信它一定会为你的写作事业加把火，我有九成的把握能做好它！”马舒婕再次认真起来。

“那剩下的一成呢？”许久没开口的周亦然突然冒出这么一句，惹得马舒婕一愣。

马舒婕拍了拍腿：“哈？我当然不能把话说得太满嘛！”她说出最后一个字的时候，忽然意识到语气竟有些撒娇的意味，于是赶紧端起咖啡杯，心怦怦直跳。

“哈哈哈哈，好了，不开玩笑了。我回去想一想，尽快给你答复好吗？”周亦然说话时始终是带着笑的，这种笑和马舒婕从前见过的所有笑容都不一样。

这是一种温柔的、和煦的笑，带着尊重、真诚，给人感觉像是在吃香草味冰激凌时唇齿间迸发的那种甜蜜。

“当然好！谢谢周老师，今天的咖啡我请，万一日后你选择了我，我可以报销。”马舒婕翻出自己可爱的小猫钱包，这些小女生的细节被周亦然尽收眼底，他越发觉得她可爱。

“好，你请。”一向大方的周亦然忽然有了随她心意的想法，不再礼让。

工作议题结束，两个人很快将话题转到了生活日常，聊得不亦乐乎。直到天色渐暗，彤云向晚，马舒婕才意识到该回家了，今天哥哥回来，是大日子。

从咖啡店出来，两个人都脚步轻快。

“想让你离梦想更近一点。”

不知怎的，周亦然在回去的路上，心底一直响起这个声音。

3

马舒婕成为周亦然的新书编辑后，拼尽全力想要证明他没有看错人。

在她的助推下，周亦然的新作打破了第一部作品的记录，更是连续霸榜数月，知名度越来越高，几乎获得了那一年出版界的所有新锐奖项，而他本人逐渐成为新生代作家圈现象级的存在。

“接下来，让我们用最热烈的掌声，有请年度青年作家——周亦然！”

FINN（芬恩，寓意公平）杂志年度颁奖典礼的舞台上，主持人中气十足地喊出周亦然的名字，惹得台下粉丝一片尖叫。

这场年度盛典本是为娱乐明星和时尚潮人打造的，却首次破例颁发“年度青年作家”奖项给周亦然，可见他的影响力。

台上的他无限荣光，台下的马舒婕更是激动得落泪，那些熬过的夜、吵过的架、吃过的苦，在这一刻都变得值得。

“恭喜老板！”

“恭喜然哥！”

……

团队的庆功宴在酒店套房的客厅举办，这也是周亦然一贯的作风。他非常在意自己的隐私，所以能少出现在公众场合就尽量少出现。

“这一年大家都辛苦了，忙完这段时间，咱们都好好放个假，休息一下，明年继续加油！”周亦然也应声举起了酒杯。

觥筹交错之间，大家都喝得有些微醺了。

“然哥，我看你书的时候还是个什么都不懂的大学生，这一转眼跟着你工作也快两年了，时间真快啊。”靠在沙发边上的小宇是周亦然的贴身助理，也是跟他工作最久的。

“是啊，我当年入职的时候，其实也是书粉！”甜甜夹了一筷子鱿鱼，偷笑着说。

“什么，你是书粉？居然藏这么深？”小宇眯起眼睛，煞有介事地说道。

“贫嘴！”甜甜一记拳头朝着小宇胳膊打去，下手根本不疼。

两个人一言一语惹得众人大笑，氛围一度极好。

“然哥，说到这，你什么时候给我们找个嫂子啊？老单着也不是事儿啊！”小宇仗着自己跟着周亦然的时间最久，什么都敢说。

“对啊对啊！”一旁的人也跟着起哄。

周亦然把话听进心里去了，迷离的眼神直勾勾地盯着马舒婕，像要生出一朵花来。

“别调皮了！咱们快点把桌子收拾一下，让亦然早点休息吧，明天还要赶飞机呢。”马舒婕清了清嗓子，率先说道。

饭后，周亦然倚在沙发上，样子甚是迷人。

大家很快各自收拾好，意犹未尽地离开了。

“今天还是不过来吗？”周亦然有些醉了，编辑了好几遍信息才把字打正确。

“嗯，不是说好了，不在公众场合同住吗，你快点洗脸躺下睡，明天早上我来喊你起床哦。”马舒婕回道。

过去几个月里，在一点一滴的接触中，周亦然和马舒婕越发合拍，两个人拥有同样的梦想和目标，同样抱着对创作的执着。他们渐渐爱上了对方。为了不影响事业，马舒婕提出和周亦然秘密发展情侣关系。

不仅不能在外同住，就连最亲密的同事也不能说。马舒婕对周亦然有着长期的稳定的规划，他正在事业的上升期，不应有太多花边新闻，这件事容不得半点疏漏。

好在周亦然是个专注写作的人，这些规矩和原则，他只需遵守就是了。

两个人事业与爱情都顺风顺水，日子一度过得轻快明亮。

4

“春风虽自好，春物太昌昌。”

不过两年时间，文学圈的风向就吹到了青春校园题材作品上，以周亦然为代表的严肃文学作品不再备受关注。

在名利与浮华中短暂迷失的周亦然一时间难以接受，他早就习惯了文化偶像这个身份，习惯了参加社会活动，习惯了自己作为出版社的座上宾。

可眼下，新生代作家带着火爆全国的青春校园小说几度霸榜，周亦然的影响力急转直下确是事实。

他拒绝了很多家出版社出极低价买断版权的条件，把自己关在家里。除了马舒婕与哥哥周亦安，他几乎不跟任何人交流。

失去了稳定的收入来源，周亦然变得紧张敏感。哥哥几乎每天都提醒他，不要再大手大脚花钱，要理智冷静地好好反思自己的问题，投入写作，重新振作起来。

可他怎么也想不明白，当初大家追捧着说好看的作品，怎么一瞬间就无人问津了？

周亦然的工作被大量暂停，与此同时，马舒婕接到了公司新的任命和安排。

其实很早的时候，周亦然就提出让马舒婕转到自己团队，只是马舒婕不想成为依靠着男友的人。在她心里，好的爱情是势均力敌，而不是一方依附另一方。

既然选择留在出版社工作，也就多了许多的身不由己。

眼下，公司给她升了职，希望她与公司安排的一位青春文学领域的当红作家对接。

如果答应，就势必会伤害到周亦然的自尊心；可如果不接，不仅显得自己工作不专业，更少了为周亦然争取条件的筹码。

马舒婕思考再三，还是决定接下这份工作。她想积累更多的履历和话语权，时机成熟后，再帮周亦然争取机会。

可这一决定，引发了周亦然的醋意和不满。原本就失意的他，更是

LIGHT UP
THE WORLD
WITH PASSION

闷闷不乐，一些琐碎的小事都会让两人引发误会与争吵。

这天，是周亦然团队的聚餐日，他也叫来了马舒婕。马舒婕带了当红的新作者，手里工作消息回个不停，过气的周亦然显得格外落寞，场面有些尴尬。

还是马舒婕先开了口："甜甜，我点了你爱吃的炒米线，还有小宇爱吃的剁椒炒肉。小巴，你是新来的，不过你然哥已经告诉我你喜欢吃鸡翅，我也没落下哦！"

她一边说，一边放下手机拆外卖袋子。

"哇，小婕姐果然是小婕姐，这么久没见，还是那么贴心！"小宇凑过去帮忙拆。

"你就点了两份米饭？"周亦然面露不悦道。

"我不吃主食，我记得以前小宇都是和你分一份吃的，应该够吧。"马舒婕察觉到周亦然的语气不佳，却也没太放在心上，手里依然忙着。

"哥，我拨碗里，等下再吃点甜甜的炒米线。"小宇察觉到周亦然有些不快，忙不迭地救场。

"对对，你们都尝一点我的炒米线，超好吃的！"甜甜看到小宇朝自己使眼色，补了一句。

"没事，我吃菜就好。晚上饿了我再自己点吧。"周亦然把小宇放到眼前的米饭又推了回去，愤愤地拆开筷子，鼓起腮帮子吃饭。

“我是觉得别浪费粮食，才就点了两份，想着让大家分着吃……”马舒婕还在解释。

“没事，我吃饱了，去厨房抽支烟。”周亦然正不爽，听到女友还在解释，这下更烦了，扔下筷子起身就走。

“小婕姐，你尝一下这个鸡翅，真的好好吃啊！”新来的小巴和大家虽还不太熟，但很聪明，赶紧转移话题。

晚饭后，马舒婕见周亦然还在赌气，便早早散了局，说自己要留下来和周亦然聊聊工作。

俩人各在沙发上坐着，马舒婕先开口：“你生气的点在哪儿呢？就因为一份米饭吗？”马舒婕小声地问。

“没生气。”周亦然点了支烟。他最近抽烟的频率越来越高了。

“你好好说话，我真的不懂。”马舒婕有些着急，语气也变得严肃起来。

“你给所有人都点了他们想吃的，唯独没有我的，那我就不吃好了啊。”周亦然不耐烦，起身要走。

“你怎么能这么想呢？菜是大家一起吃的啊，而且你之前就是和小宇一起吃一份米饭的啊。”马舒婕起身堵住欲走的周亦然，一定要得到一个回应。

“我是很穷吗？就不能多点一份？”

“你在说什么啊，怎么会因为一碗米饭就生这么莫名其妙的气！”

那晚俩人不欢而散，周亦然的敏感，在马舒婕眼里成了故意找碴，两个人的关系也因此降到了冰点。

酒杯里的冰球已经全部融化掉了，酒水里倒映着睡在地毯上的周亦然，他把头埋进手臂里，孤独又狼狈。

5

那段时间，马舒婕每天下班回家后，都会躲在卧室哭很久，哥哥马文峰刚从戒毒所出来几个月，得知妹妹和周亦然吵架受了委屈，他明确提出反对，要求马舒婕与周亦然分手，并着手安排她相亲。

没想到，哥哥的反对非但没有让马舒婕打退堂鼓，反倒让她坚定了跟周亦然在一起的想法。她相信他会变得越来越好，两人的关系会一点点得到修复。

与此同时，马舒婕私下做了很多努力，不仅向领导提出不再做那位当红作者的责编，还用自己一年的奖金来赌周亦然的新作会大卖，以此说服总编与周亦然续约。

总编虽不赞成她的做法，但对周亦然和她的事情有所耳闻，作为过来人，最终还是答应了她。

另一边，周亦安告诉弟弟，要想在新的图书市场有自己的立足之地，是时候进行转型了。他深知，时代在变，弟弟的读者总会长大，市场上的东西自然也会发生变化，而周亦然需要直面现实并找到新的出路。

亲人和爱人的支持让周亦然重新找回自信，他决定背水一战。

6

转型之路并不好走，周亦然和马舒婕磕磕绊绊地坚持着。

这一次周亦然创作的是当代悬疑小说，也是挑战性极强的一个类别。创作虽然艰辛，但两个人始终互相鼓励着彼此，相信总有守得云开见月明的那天。

就在一切都平稳推进的时候，马舒婕临危受命，被公司总经理约谈。

总经理说，之前她带的那位作者不满现在的编辑，点名要马舒婕陪其去国外出差，参加法兰克福书展和雨果奖的颁奖礼。

这位作者对公司来说十分重要，而这次能受邀参加这两个重量级的活动，也是公司费了好大力气才促成的，因此不能有一点纰漏。

马舒婕深知再左右为难，自己也要答应这个请求。公司对她有恩在先，如果这次自己拒绝，不但自己职业声誉不保，周亦然也要被低看一等。

然而，女朋友要和一个陌生男作者共度十四天的时间，参加的还是业内顶级的活动，这件事自然刺激到了周亦然的自尊心，他暗暗对自己感到失望。

周亦然已经习惯了在写作时有马舒婕的陪伴，习惯了让她和周亦安第一时间读自己的文字，又或者说，他希望与马舒婕一起走上国际书展的人是自己。

尽管马舒婕一再强调，自己服从公司里的安排，是因为在这个所有人都不看好周亦然的节骨眼上，更需要她在自己的岗位上站稳，为他争取卷土重来的机会。可周亦然还是很痛苦，状态低迷的他整日酗酒。

马舒婕的航班起飞那天，哥哥马文峰忍无可忍，趁她不在来到周亦然家，以武力威胁他答应分手。

周亦然顾及他是马舒婕的亲人，又有前科，没有选择报警，也没有向马舒婕透露分毫，而是独自承受着痛苦和压力。

他只想尽快完成新书的创作，结束在水下窒息般的煎熬，冲到水面上透透气，却发现自己越来越难集中精力写稿。

他只好一遍一遍向周亦安诉说自己的痛苦，把哥哥当成自己唯一的倾诉对象。

周亦安非常心疼弟弟，大部分时间都陪在他身边，还耐心帮他修正文稿失误，提供一针见血的建议。他坚信，出版一本像以前那样的超级畅销书才能让周亦然重新振作起来。

直到有一天，周亦然接到了马舒婕从国外打来的电话，她说联系不到马文峰，担心戒毒不到半年的哥哥再次误入歧途，于是拜托周亦然去邻市马文峰的住所查看。

起初，周亦然只是嘴上应着，他还没有大度到去担心伤害自己的人是在吸毒还是在玩失踪。然而马舒婕十分着急，转天再次催促周亦然去看望哥哥。

眼看着新书最后一章就要成形，周亦安不同意弟弟此时离开，他与周亦然发生了争执。

这期间，周亦安无意间说出的一句“马文峰死了更好”，让周亦然有种不好的预感。他不顾哥哥反对，向马舒婕要到了马文峰家的大门密码，可他赶到时，发现马文峰已经死亡。

周亦然十分震惊，联想到出门前周亦安的话和最近哥哥的行为，不禁心里一紧。

周亦然打电话给周亦安，连声质问自己手机里马文峰的电话是不是哥哥拉黑的，而他前些天突然消失究竟去了哪，马文峰的死是不是与他有关。

在周亦然严厉逼问之下，周亦安承认自己杀害了马文峰。

原来，周亦然总是向哥哥诉说马文峰对自己的暴力和欺压，导致周亦安对马文峰心生恨意。某次马文峰找人来家里，威胁如果不分手就砸电脑烧书稿，彻底激怒了无比珍惜弟弟作品的他，最终趁其不备酿成大错。

失魂落魄的周亦然决定替哥哥扛下罪名，他把周亦安绑在床上，返回现场销毁了全部证据，并故意留下自己的指纹，制造了犯罪痕迹才离开。

很小的时候，哥哥就指引自己写作，这个新的故事也是哥哥提供的灵感，而且如果不是因为自己，哥哥也不会铤而走险去杀人。最重要的是，自己已经无法面对马舒婕，所以这一次，哥哥要替自己活下去，并且把这部小说出版。只有小说得到认可，才能证明自己的坚持和执念有意义。

周亦然不吃不喝、不眠不休地写作，在警察找到他的当天，终于完成了小说。

7

知名小说家杀人的消息轰动一时，马舒婕听到消息赶回国，第一时间到警局配合调查。

周亦然的自首出乎马舒婕的意料，她想不通，周亦然怎么会成为杀人凶手？马舒婕不得不配合警方调查，想找出幕后真凶。

事情很快有了反转。

经过法医鉴定，检方宣布马文峰的死亡时间早于周亦然第一次到马文峰住所的时间，且死因并非人为造成，而是吸毒过量。在警方的调查下，另一桩真相渐渐浮出水面。

原来，周亦然一直患有精神分裂症。

早在马舒婕第一次听见周亦然在获奖感言中提起哥哥时，马舒婕就对周亦安的存在感到好奇，后来，在日常接触中，她逐渐意识到周亦安是周亦然臆想出来的人物。

马舒婕没有觉得害怕，相反，她更加心疼和同情周亦然。她知道，其实每个人都是感性和理性的结合体，感性让人多愁善感，理性让人谨小慎微。

这种矛盾，在周亦然的身上体现得淋漓尽致。

他一方面能敏感地体察到各种情绪，将它很好地运用到写作上，另一方面对自己要求十分严格，幻想出一个总能给自己指引和建议的理性的哥哥。

感性上的懒惰、放纵和随性，无时无刻不被自己理性的一面监督着。寻常人懂得放过自己，学会快乐，但才能无限的天才往往钻进思维的死胡同，与自己顽强对抗。

案发当天，马文峰吸毒过量死亡。马舒婕一度联系不上哥哥，不敢惊动父母，只好让男友去帮忙查看。

周亦然接到马舒婕的电话，感性的他恨不得直奔现场为女朋友分忧，可理性的他又对此产生排斥，不愿关心一个与自己为敌的人。

感性的自己和理性的自己开始斗争，于是有了周亦然和周亦安的对话，但最终他还是遵循本性的善良去往马文峰家，不料却见到已身亡的马文峰。

慌张，害怕，手足无措……

周亦然第一次见死人时，浑身冰凉，脸色惨白。他瘫软坐在地上，浑身发颤，满脑子都是周亦安的安慰："他死了也好，不会再有人在你和马舒婕之间横添阻拦。"

精神恍惚的周亦然感觉头疼欲裂，在会所里崩溃了好一阵儿，才稍稍缓过来些。失魂落魄回到家中后，他问哥哥该怎么办。

而臆想出来的哥哥却告诉他，马文峰是自己杀害的。眼下周亦然没有选择，兄弟二人必有一人要入狱受罚。

为了保全哥哥，他决定重返现场，留下自己的痕迹，等自己奋笔疾书完成作品后再去自首。

巧的是，他的新书也讲述了一个类似的故事。在文字的世界里，他如游龙，挥洒自如，有那么一刻，他好像已经逃离了人性最恶的部分，可下一刻，却又好像深陷其中。

警方查清了所有事实，周亦然被无罪释放。在马舒婕的悉心照顾和医生的治疗下，他逐渐康复。

他的小说虽然顺利被出版，可销量一般，毕竟，谁也不想买嫌疑犯写的作品。

周亦然却不想因此放弃。他提出了一个“百城百校”的宣传方案，计划在半年内，去一百座城市的一百所高校举办读者见面会，将自己的亲身经历以及新书讲给那些年轻的大学生听。

这些大学生，和曾经的他一样，迷茫过，跌倒过，对未来憧憬着。

他们平凡、焦虑，甚至痛苦，可都没放弃对美好生活的追求。

如果他们能在他的文字中找到共鸣，便可在生活中寻到各自需要的答案。

读者见面会吸引了不少感兴趣的学生，三个月后，他的书在学生群体中掀起了一股热潮，销量大增。

一年后，周亦然因新作《星夜与鸢尾花》大卖而重返巅峰，虽然哥哥的影子偶尔会出现，不过这已经不能影响他什么了。

以前的他勤奋，想出人头地，想把这世间胜景一一览遍，可现在他知道，生活对小有才华的人是残酷的，若不能忍耐追求极致所带来的痛苦，做一个普通人也是幸福的。

LIGHT UP
THE WORLD
WITH PASSION

20岁光阴不再来

20岁
光阴不再来

20岁光阴不再来，是我在一场TED（Technology、Entertainment、Design在英语中的缩写，即技术、娱乐、设计）演讲中听到的一句话。它大概是说人一定要把握好20岁到30岁这十年，因为这是你的黄金时代，如果虚度，只能用后面更长的时间、更努力的付出来弥补这十年的遗憾。

曾经的我对此颇为不屑。但真正靠近30岁时，我对这句话有了新的体悟。我发现它真实、准确、直接，如果能很好地理解它，还会感受到一种对过去踏实的肯定和对未来的欣然期待。

正如某本书里说："人不会自动长成大人，大人是捏出来的。"仔细回想一下，我的20岁到30岁这十年，确实是塑形、锻造和锤炼的十年，正是因为毫不放松地努力，才得以成长为今天的样子。

所以我决定把这十年来，我的行动、变化和经验，用文字的形式表达出来，希望你也能把握好自己的黄金十年，雕琢出一个更好的自己。

毕竟，20岁光阴不再来。

1

对于人的黄金十年，我是按照几个阶段划分的。

在20出头的年纪，人的经验、智力和判断力都无法做到很好的平衡和统一，因此会出现各种各样属于这个阶段的困扰，甚至是危机。

我们常常会听说，这个年纪的人很容易被坑、被骗，或是重复犯着简单的错误。所以在这个时候，我们应该把目光更多聚焦在积累和调整上——培养自己没有的能力，纠正自己存在的问题。充分地了解自己，激发自己的潜力，积累成功或失败的经验，灵活地调整自己的状态，这才能使你更为长久地受益。

这个阶段的年轻人，最怕两件事，一件是活在自己的舒适圈里，在别人都忙着提升自己、突破圈层的时候，懈怠了斗志；另一件是容易满足于某一次确切的成功，却忽略了它只是短暂的，也可能是依靠运气获得的。

人到25岁左右，个性的变化、大脑的发育以及社会经验的积累已经到了一个很稳定的阶段，这个时候需要全身心投入在发挥才能、创造价值上，以不断获取自己的身份资本。

极少数的天才在很小的时候便在某个领域崭露头角，而绝大多数人都是在这个阶段才与同龄人拉开差距的。

所以25岁之后的几年，是极为关键的几年。在这个过程中，你能更清晰地照见自我，了解自我。

当我们来到30岁的年纪，人生又是一番风景。

从前的我们习惯向外求助，不论是寻求工作上的帮忙还是情感上的庇护，我们都是在“借用别人的自我”。

但当你来到30岁，你会自然拥有只属于这个年纪的淡然和笃定，在任何事情面前，你会首先选择向内求助，因为经过多年的积累，你很确信自己能化解一切难题。

这个年纪的我们更能释怀过去，更能睿智地审视未来，往往会开始事业、家庭和自我的新篇章。

循着这三个阶段去完成不同的试炼，人生自然会变得开阔起来。

拿我自己来举例子，刚上大学的时候，我做任何事都不太在意结果，更注重在过程中是否有收获，以及事情结束后我是否能调整到一个很好的状态。因为我知道，20出头时取得的成功，能有多了不起呢？这个年纪受的累、吃的亏、长的教训，这些积累，才是一辈子的财富。

我从小性格就很内向，在公开场合常常不敢发言，极度缺乏自信。我还记得刚上大学，也就是20出头时，我从来不会在课堂上举手或者发言，因为我很怕自己回答得不好而被别人耻笑。就连平常参加一些社团活动，我也是习惯坐在最后一排，充当一个工具人的角色。

但我知道，因为害怕做得不好就不敢去尝试，是一个非常愚蠢的想法，它会让我们失去人生的很多种可能性。

而且，一个人再会单打独斗，也还是要回归群体生活，学不会表达自我、无法融入集体是一件很吃亏的事。所以，我决定要改变这样的状态。

通常很多励志的文章都会告诉你，只要你肯改变，结果就能看得见。但坦白讲，不是所有的改变都能顺利实现的。

起初我也尝试过在一百多人的大课上主动举手，站在讲台前发言互动，也尝试过竞选班干部，多增加自己在集体中的存在感，但很快就收到了更为负面的反馈！

有的同学很擅长表达，聊起任何的话题都能侃侃而谈，随时随地收获大片的掌声，成为人群中的核心人物。可我站在角落里，好不容易才鼓起勇气表达，却总是磕磕绊绊、绕很大圈子才能把话说完，最后要靠老师的鼓励带动才会有人礼貌性地回应鼓掌。

这说明一个道理，人和人是有天然的差距的。可尽管如此，我还是愿意去坚持做这些让自己“并不舒服”的事，因为我始终相信，就像伤口在愈合的过程中会很疼痛，所有植株在拔节生长时，都要经历一段晦暗的时光才能破土而出，真正让我们有所收获的事情，都不是让你感到舒适的事。相反，你越是做一些对自己来说很有挑战性的事，哪怕带着疼痛，越能探索出自己的能力和边界在哪儿，也就距离成功更近了一步。

在那以后的一年甚至两年时间里，我常会看TED演讲，学习别人在公开场合如何表达自己的观点，也尝试着把这些技巧应用在自己的日常学习和生活中。

风筝不会自己飞到天上，坐滑翔伞也要等风才行，也许你做了许多努力和改变都没有效果，但只要你认定正确的方向，你欠缺的，只是一个迟早会来的机会而已。

大二那年，我有幸被大众熟知，第一次上了某档访谈节目，我也终于迎来了属于自己的“那阵风”。

我还记得，当时去录节目时，我在后台紧张得全身发抖，就连说话都感觉喉咙发紧。中午吃过节目组的盒饭，我还跑去卫生间吐了。

弟弟看出了我的紧张，一直陪在我身边，还耐心地安慰我说：“哥，如果你想过更亮丽的人生，就要学会站在镁光灯下。”

正是这句话点醒了我。

我们每个人都渴望得到更好的机会，成就更多的不凡，但如果你学不会站在人生的镁光灯下，也就无福承受你所想要的荣耀。所以，美好的东西虽然刺目晃眼，甚至带着沉重的负担，但如果是你想追求的，那就勇敢地迈出那一步。

我一遍遍地准备着自己的台本，把每个流程和环节都刻在脑子里，当录制开始，主持人喊出我的名字，所有的射灯都按彩排的流程打到位的时候，我深吸了一口气，走到舞台中央，用之前观察、学习的方法，完成了从前完全不敢想的“第一次”。

这次录影让我明白了一个道理，生活是由许多个舞台堆叠在一起的，小的舞台有小的压力，大的舞台则有各种或沉重或繁杂的负担，但不管怎样，既然选择做自己人生的主角，就要学会站在不同的舞台上追光。

那一次的节目播出很顺利，观众的反响很好，我也因此备受鼓舞。自那以后，我变得自信很多，不管是在学校上课，还是出去工作，我都能提前做足准备，出色地发挥。不管面前遇见的是多大的难题，我都会深吸一口气，笑着迎接这盏“镁光灯”。

我不仅可以很自如地在课堂上跟老师和同学互动，还参选了学院的学生会主席。作为组织者，从一场小小的班会，到气氛严肃的学术论坛，再到几十人一个团队的出国参访，利用出色的沟通和表达能力，我总能把事情完成得很好。

这个故事说明，曾经我们寒窗苦读，两耳不闻窗外事，其实并不具备完整的“人格”，无法跟社会完美接轨。但如果你有意识地提升自己在某个方面的短板，就有可能成就一番自我。

所以在黄金时期的前几年，千万不要急着做事、成事，而是应该先积累丰富的生命体验，对个性进行不断的调整，直到以一个最佳状态去迎接生命里的每个挑战。

这样的你才会既有底气，又有实力，最终遇见运气。

2

很多人说，25岁是一个分水岭，在大学里，该锻炼的本领、该长的眼界、要塑造的世界观，都完成得差不多了，接下来该是人生加速奔跑的几年。

想想的确如此。25岁的我已经不像前几年那么纠结，看待问题也更成熟长远。站在更高处看自己的未来，我知道，每一步既要快，也要准。

可如何取舍，做何选择，是这个阶段最大的难点，它将在很大程度上决定你今后人生的走向。

当时我就面临这样一个难题，是选择在国内继续读研，还是去梦寐以求的伦敦大学留学？

准确说，直到今天，我也不知道哪个选项是人生的最优解，但我知道时代本就需要激流勇进。要敢做逆流而上的大马哈鱼，就不要有过多的犹豫和纠结。也许人生的每一个选项都有一个最优解，你只要用心走，都能看见更好的未来。

当时借着互联网的风，我有了一定的名气，也利用几年时间积累了不少的社会资源和经验，如果选择在国内读研的话，我可以在兼顾学业的同时创业，打造自己的IP（“知识产权”的简称），发展属于自己的品牌。

在一番思考后，我选择了这条路。

说起创业，我做了八年的独立护肤品牌。因为疫情，去年我将店铺关掉了，但如果你问我后不后悔，我会毫不犹豫地和你说，这段经历非常值得。

那时候很流行大学生创业，我身边很多同学都拿着各行各业的项目方案，融资、开公司，打拼出一番新天地。于我而言，创业无非是两个目的，一个是积累财富，一个是照见自己。

我从不避讳创业对于财富积累的帮助，它能帮助我站在一个更为稳定的价值体系上看待生活和世界，并且有了财富基础，也相对拥有更多满足精神需求的机会。

现在的很多年轻人常会问，金钱和梦想到底如何取舍？我想说，赚不到钱的梦想和没有梦想地赚钱，都是两个非常极端的例子，是两种互斥的、失衡的系统，为什么我们不能努力追求两者兼得的选项呢？

人一生如果只热爱一件事，那么生命也太枯燥了。在某几个自己热爱的领域里，选择一个能让自己有更多回报的职业或工作，才是一个成年人应有的智慧。

除了赚钱，我选择创业的另一个更为重要的原因，是想照见自己。

虽然我的家庭很普通，但父母并没亏欠过我，所以我对金钱并不是很敏感，甚至在公司赔钱的时候，我还能有一颗平常心坚持拿一部分预算出来，低调地做着公益事业。

创业真正吸引我的，是在这个过程中，能照见一个怎样的自我。

大多数刚从学校毕业的年轻人，在面对职场的时候，都会遇到同样的问题——缺乏经验、判断力和洞察力，缺少情绪控制能力等等……我在创业初期，也一样有这些问题。

当时的我和很多人一样，以为几个人凑一凑钱就能做起事来，可真正落地了才知道，有这么多地方需要用钱。

记得刚创业那会儿，公司有过非常艰难的时刻，原本我的设想非常美好，做有品质的独立品牌，现实却是要精打细算。货量上来的时候，还要顶着巨大压力向银行贷款几百万，这对于一个还在读书的年轻人来说，压力可想而知。

当时为了节省开支，我在一个很大的仓库里，既当客服，也打包产品，举着盒饭坐在桌子一角，跟同事商量着接下来的运营计划和营销打法。

现实是残酷的，没有人会因为你是新手而打破既定的规则，达尔文进化论就提到过，这个社会就是优胜劣汰，不做好充足的准备，你就随时有可能受挫出局。

当然，凡事都有两面，失败的同时也是在积累经验，某种程度来说，这也未必是件坏事。

别的同学在放寒暑假时，天刚亮我就已经叼着一块切片面包，出门去公司上班了。从产品到市场再到财务，哪个领域不懂的，我都亲自跟着学一遍。

所有部门的例会我都会旁听，所有工种的工作我也都会跟进，一个品牌从无到有的全过程，我全数参与。

直到今天，我都很感激那段经历，它让我不管面对什么样的困难，都有十足的信心和丰富的经验去解决它们，我想，这也是我身上最宝贵的一份“无形履历”。

可能很多人会说，努力做事，积累经验，这么浅显的道理谁都懂，可职场不是这么简单的，人和人之间就是有先天或者后天的差距。可能你埋头苦干一整个月，都不如别人轻巧地工作几天来得成效显著。

对于这一点，我想说，你不必担心，岁月从来公平，你若珍惜，它定不负你。

我们不妨把工作当作解数学题，如果你觉得自己没有很好的起点，也缺乏一定的判断力和洞察力，做事没有“手感”，那么你就不停地做，不停地练习，熟能生巧，总有一天你会靠答案更近一点。

当你做得多了，摔的跤多了，就会在工作中找到默契，而这份默契，会给人一种“豁然开朗”的感觉，能让你更顺畅地处理职场关系，决策也逐渐正确起来。

创业三年，我从一个本科刚毕业的职场小白做到拥有一家千万流水公司的老板，不仅带的团队能“打胜仗”，还拿到了很多国际奖项。我们从一间小小的办公室，慢慢搬到大一点的写字楼，又搬到北京最繁华的商业区，公司逐渐迈入稳步前进的阶段。

25岁，正是青春好时光。我把别人刷手机、看剧、玩乐甚至是恋爱的时间，都用在开会、复盘、做产品上。

我照见了一个努力向上的“90”后，也照见了一个不怕困难、愈挫愈勇的年轻人。

站在两层办公区的楼梯上，我从没想过，二十几岁的自己，已经做了这么多事，但也正是这段跌宕起伏的经历，让我更全面地收获了物质财富和精神力量，也让我更清晰地看见自己、了解自己，不断提升自己的适应能力和学习能力，让我知道不管面对什么困难，都要充满信心和耐力去面对、去解决。

在以后的人生，我才能以十分笃定的态度勇敢前行。

3

30岁，是一个充满力量的年纪。

我常常想，人到30岁之后，会有什么样的变化？

通常，你会知道什么事该做，什么事做了也没用。积累多年的社会资源，让你拥有重启梦想和事业的可能性。

你享受着年龄增长带来的滋养，这种感觉真好，明明已经经霜沐雨许久，却好像人生刚刚开始，清晰而透彻。

靠近30岁，我已经不再像十年前那样，能熬、爱拼，这个人生阶段，我观察了许多有为的、令人钦佩的、非常成功的或者极为自洽的人，他们身上都有一个显著的特点，那就是用当下的视角释怀过去，用未来的眼光审视当下。

我很喜欢一句电影台词，大概是说“人要努力往前走，苦才会被甩在身后”。30岁，我们都要学会用当下的视角去释怀过去，只有这样，才会始终处于一种前进的状态，而不至于沉溺在过往之中。

而这个人生阶段，不论是赚钱还是实现个人价值，我们都不应再像以前一样靠蛮力，因为它的边际贡献一定是递减的，要学会用未来的视角看待当下，要学会借用你前面十年积累的人脉、信息、眼界和心智，开拓人生新的可能。

不仅是在事业上，就连在感情中也是一样。这个时候的你并不会有太多情感上的困扰，反而更懂得如何经营好一份感情，处理好一段关系。

面对摩擦，你不会再像几年前那样争论得面红耳赤，当有问题出现时，你会更明白要如何修复罅隙。到了这个人生阶段，我认为人已经在多个维度完成了自我修炼，处于一种缓慢的、有效的输出状态。

写到这，我想和与自己处于同样人生阶段的读者朋友，分享一些自己的人生思考，以此共勉。

首先，我们要学会利用资源让自己创造更多的价值。正如前面所述，过去十年我们积累的大量资源，都是为这个年纪铺路的。

如果你留心观察，你会发现许多创业成功的人，都是在这个年纪选择辞职创业的。过往你结识的人脉，累积的身份资本，开拓的视野，都会成为你现在的利器，要学会聪明地利用这些资源，创造更多的价值。

不管是创业，还是在原岗位上发展，又或者是干一项副业，我们都要学会将以前积累的资源进行重组和链接，就好比你多年来悉心收藏了很多个零件，在这一刻你要学会将它组装成一辆飞驰的汽车。

当然，我们也要记住，创造价值绝不只是积累物质财富，它还包括实现个人价值，贡献社会价值，这是一件非常重要的事。

其次，我们要尽可能地发展一些兴趣爱好，而且是非功利的爱好。

经过十年的打拼，不论是学业上、事业上，还是感情关系上，我们都很容易感到疲惫，这种疲惫不仅仅是生理上的，还会有一部分是心理上的。长时间为了某个目标、某个人倾尽全力地付出，十分消耗我们自身的能量，人处于这样的状态中，往往会忽略对自我的观察和体贴，这也是为什么在这个年纪的人容易情绪崩溃。

发展一些非功利的兴趣爱好，能让我们找回学习的心态，保持对世界的好奇心。

今年我开始学习打网球，尽管我是一个不爱运动的人。我从前喜欢看球赛，现在自己请教练去学。这个过程，让我感受到自己年轻的一面。当然，我身边也有很多人学英语、日语，或者“一把年纪”了还去学跳舞，我觉得这都是可爱的表现。

身体不可逆地变老，但心态要保持年轻，当一个人对生活充满期待，他/她才能更好地掌握自己人生的节奏。

此外，而立之年，我们还要多研究与亲近之人的相处之道。不管是朋友、恋人，或是家人，在这个人生阶段，我们其实都已经有一整套已经习惯的相处模式，但我想说的是，要像经营一家店一样，永远为你们的关系寻找最佳状态。

前几年春节，回家的时候我多多少少都会与父母有口舌上的争论，有时因为一些芝麻大的小事，有时因为一些人生方向的大事。

但我发现，这两年这样的情况变得很少了。

一方面是父母变得更宽心，另一方面，也是我更加懂得如何跟他们相处。我们经营一段关系，要像开一家店一样，有营业时间，有休息时间，食材要新鲜，口味要正宗，服务要贴心，同时，你还要有很漂亮的流水和盈利。

这才是一段感情最佳的状态。

我也常常和身边处于恋爱或婚姻关系中的朋友分享，从前你们习惯的相处模式，总会因为双方处境的变化、人生阶段的不同或者是社会大环境的变化而变化，这个时候如果我们不去改变固有的相处方式，那跟不更新菜单、不提升服务、不翻新装潢没两样，势必会面对客户流失、店铺倒闭的风险。

所以要时刻给自己提醒，要像经营一家店一样去经营你在意的感情，这样做你会发现，结果大有不同。

最后，我们要努力让心中葆有爱。我知道，随着年龄增长，我们对家人、爱人、事业，甚至是自己，都会变得很懒，懒得去经营一段关系，懒得去维护以及修补一段感情，懒得出门，懒得对世界示好，久而久之，我们的“懒”会让我们变得很冷淡。

前几天我在家楼下散步，看到一位40左右的阿姨在帮助拾荒老人捡掉在地上的纸盒和塑料瓶，她起身从我身边经过的时候，我能清楚看到她淡淡妆容下姣好的皮肤，而她手里牵着一只很可爱的小狗。

那一瞬间我被感染了，我想，这个人一定是心中充满很多的爱，才会对陌生人、对自己、对宠物都如此善待。

我想，当你学会创造价值，让自己的生活处于一种无忧的状态，还能有闲时发展兴趣和爱好，与身边的人都相处融洽并且心中充满了爱，那便是完美的30岁了。

写到这，这本书我创作的部分就全部完成了，希望我的文字能给你带来一些启发和感动。

感谢天使文化对这本书的努力付出。再一次与弟弟合著，在选题讨论、内容创作和成书的编辑上，他们都非常专业，给了我一个很棒的制作团队。

也要感谢天使文化出版总监梁洁，封面设计师杨洁，摄影师徐文峰，图书策划吴志群，谢谢你们的付出，才有了这本书的呈现。写一本书是记录的过程，它帮我记录下这个时候的苑子文。或许再过几年重读这些文字，我又会有新的感触。所以，谢谢你们，让这本书能成为我的照相机。

最后，还要特别感谢一直以来支持我的读者，从最早的《愿我的世界总有你二分之一》到这部久违的合著作品，这些书陪我度过了青春里最美好的日子，见证了我的成长、蜕变，也陪你们走过自己的青春。

我和你们的关系就像是朋友，文字把我们连接到一起，让明明毫无关联的两个人，有了情感上的互动。

这些年，不管是在社交媒体还是在线下的签售会上，只要与读者相见，我都能感受到他们眼中的赤诚和信任。我也曾不止一次被告知，他们成功读上了研究生，通过了国家公务员考试，创立了自己的品牌，或者，找到了值得相爱一生的人……

他们总说，谢谢我给的这份勇气，但我想说，感谢文字，因为它最温柔的部分，也最有力量的部分，才让我们不断靠近美好，最终成为美好本身。

文字的世界里，我们肆意感性，但合上书，依然要靠自己去努力。我的故事写完了，我要继续背起行囊，朝着星光赶路了。

也希望你能在不远处，努力着，收获着，笑着过上理想的人生。

愿我们都能在热爱的世界里闪闪发光。

在热爱的
世界里
闪闪发光

LIGHT UP
THE WORLD
WITH PASSION

难过博物馆
“你把难过向上抛，它们就成了天上的星星；
你把难过丢到地上，它们就会开出花朵；
你把难过捧在掌心，它们就会成为你的朋友。”

难过博物馆

1

穿过灌木丛的时候，要格外小心翼翼，因为如果稍不留神拨动那些半米高的灌木，它们就会发出呜咽声。

更要注意脚下一块块形状不整齐的石头，它们就像柠檬，是绝不能踩的，不然无论穿着多厚的鞋子，脚掌心都会发酸。

飞鸟从头顶掠过，拖着长长的尾巴，还没来得及看清楚是白色的还是灰色的，它就翻了个身，融入天边的晚霞里。晚霞像油画一样，赤色、橙色、淡紫色、浅粉色，有层次地延展开来。

在这个地方，四季恒温，不分昼夜，因此晚霞是要烧24小时的，一整日只有鹅黄色的霞光打下来。

如果目光飞跃灌木丛，会看到一幢三层高的小房子，用木头和茅草搭制，像极了乡下外婆的家。

那就是大名鼎鼎的“难过博物馆”。

难过博物馆很简单，院落里只有一架秋千、一口井、一位老人，仅此而已。

老人是难过博物馆的馆长，大家都叫他青合爷爷。

每天早上，青合爷爷都会从井里打捞出很多盒子，盒子里面藏着世间最真挚的难过，它们被统统搬进难过博物馆里，在青合爷爷的带领下，逐个得到宽解。

除了青合爷爷，博物馆里还有很多打工的管理员，比如我。

我们这些管理员就是这个世界上最难过的人。

据说人在最难过的时候，就能看到墙上悬挂着一道门，门上写着“难过博物馆”几个大字。

穿过这堵墙，跨越那扇门，就是低矮的灌木丛，长尾巴的飞鸟，烧透整片天的晚霞，以及用木头和茅草搭制的难过博物馆。

最难过的人进入难过博物馆后，必须整理好五个难过盒子，才可以回到现实中去，如果没有整理好，就要一直留在博物馆里。

说是整理，其实就是打开盒子，查看这些盒子里的故事，了解并帮助这些盒子里的人物摆脱难过。

要知道，这可绝不是一件轻松的事情，因为我们这些管理员也很难过。

是啊，明明就是因为难过才穿过那道门，结果来到这个地方，还要帮助他人摆脱难过，这太不公平了。

绕过秋千和井，我来到博物馆门前，一扇发旧的木门竖立在眼前。

“你把难过向上抛，它们就成了天上的星星；你把难过丢到地上，它们就会开出花朵；你把难过捧在掌心，它们就会成为你的朋友。”

我照着门上刻下的字念出这句话，忽然觉得，好像此刻也没那么难过了，映衬着晚霞的光，斑驳的灌木丛，竟然让我感觉有些浪漫。

“难过的孩子，欢迎你来到难过博物馆。”

青合爷爷的笑声从身后传来。

随即，他往我的手上戴了一个手环，上面有金光闪闪的万能钥匙，这正是用来开启难过盒子的。

青合爷爷和我说，从明天开始，我就要努力工作了，在这座博物馆里，我可以寻找任何我感兴趣的难过盒子，只要能整理好其中的五个，就可以重回现实生活。

他一定猜到我最迫不及待想找到的就是母亲的难过盒子，所以特意叮嘱我，如果带着情绪去整理难过盒子，很可能适得其反，要是因为我的整理而让盒子里的人物变得更加难过了，我就需要为此付出双倍的代价——也就是说，还要再整理完五个盒子，才可以回到现实生活中。

我点了点头，很显然，我并没有这个自信。

2

读小学时，我经常被叫家长，班主任当着全班同学的面训斥我，说我不懂事，不听话，总是有自己的主意，不跟着老师的思路走。母亲只好给班主任赔不是，希望她不要生我的气，对我保持信心。

虽然，母亲知道我的真实想法。

我无非就是厌烦那些算术题，因为我知道在不久的将来，我不再会记得这些繁琐的公式和计算思路。

我喜欢文学。诗歌、小说、散文，我都喜欢。

当别的小学生都抱着大包小包的书去补课和上兴趣班时，我要么在窗台上看着天空入神，要么抱着一本《傲慢与偏见》在看。

父亲会拿着我的成绩单，说我这爱好是无用功，因为主业都没学好，是没资格培养课余兴趣爱好的——我总是能凭借个位数的数学成绩，把排名很稳定地排在全班倒数。

有段时间，父亲生气，不再给我买书的零花钱，我就索性跑到书店去看。那时候我读《悲惨世界》，读《巴黎圣母院》，父母都认为我看不懂，事实上我也确实看不懂。

我对阅读近乎痴迷，也因此很少与人交流，在亲戚或邻居眼里，我就是一个怪小孩——沉重的书包里放的都是课外书，戴着一副厚厚的近视眼镜，不怎么言语。

即便这样热爱阅读，我的语文成绩也没好到哪里去，将将及格而已。

也因此，教数学的班主任常来教导我，她说，找不到对的方式学习，就是南辕北辙。

我没理会过她的话，只是随着一点点长大，我才发现，我真的不像自己幻想的那样美好——我，只是一个爱读书、没什么用、让家长感到头疼的差等生。

如果说念小学时读书会让我感到平静，念初中时，读书就只会让我感到自卑，因为我花费的时间没有换来任何回报，我的同学并不因此看得起我，老师对我也没有一句夸奖，就连我的父母都是整日好言相劝，让我“改邪归正”。

我成了一个一无是处的孩子。

活着对我而言是痛苦的，我甚至开始质疑自己的爱好，因为它并没有让我受益，且似乎让我变得迷茫——那时候我开始认识“迷茫”

这个词。

在这个世界上，究竟有多少事情，是努力了却见不到反馈，热爱了却听不到回声，奔赴了却得不到想要的结果？

念高中时，我就彻底放弃了阅读，把所有课外书都装进破旧的纸箱子，塞进落满灰尘的床底，每天像个机器人一样坐在教室里听老师讲课，争分夺秒地做作业，刷练习题，努力成为一个父母期待的乖小孩。

我的这个改变，也和家里经济条件每况愈下有关，祖父患了重疾，父母拿了家里很大一部分积蓄去给祖父医治。看着一瞬间老了的父母，我实在没有底气再坚持自己愚蠢的爱好。我甚至都在怪自己，如若当初听话，或许现在生活会是另一种局面。

可我真真实实地知道，我正在渐渐活成自己最讨厌的样子。

比这些更凄惨的是，我的"改邪归正"并没有让父母满意，准确点说，是没有让父亲满意。他依旧指责我不好好学习，怪我不争气，看不到未来的希望。

这种生活一直持续到我上高三，有个周末，压力大的我又翻出《傲慢与偏见》来看，很不凑巧被父亲看到了。他严厉地斥责我，近乎疯狂地冲我大嚷，并把我手里的书丢到了垃圾桶。

他以为我还在不务正业，偷偷地看这些课外书。我刚想和他解释，一个巴掌就扇在了我的右脸上。

火辣辣的，刺痒刺痒的，而后我才感觉到疼。

那天傍晚我跑出去了，追着星光，哭个不停。

我无法挣脱这个怪圈——我的家庭清贫，而我无比普通，不管我做什么，怎么做，生活似乎都在和我对抗。看到我燃起一点希望时，它就吹灭我的火光，告诉我不许挣扎，不要抱有希望，生活永远是满地鸡毛。

两天后，父亲一声不响地离开了家。

母亲为此三天没有讲话。

3

我问青合爷爷，能不能现在就打开母亲的难过盒子，他笑着抚了抚我的头。他一定知道，自从父亲抛下我们母子俩，母亲就变得和以前大不相同，她的白发增多，也更爱唉声叹气了。

我想打开母亲的难过盒子，帮她理清难过。

“孩子，别着急。”青合爷爷领着我往前走，他想带我参观这个博物馆。

无穷无尽的盒子正被管理员们一个一个垒到架子上，一面架子，就有上千个盒子，它们大小各异，颜色深浅不一，全都紧紧关闭着。

管理员们忙忙碌碌，穿梭其中，解开一个难过盒子后，便欣喜若狂地将盒子带去黑洞处——被宽解的难过盒子将被投掷在这里，穿过这个黑洞隧道，它就消失了，也就意味着这份难过不复存在，管理员离重返现实又近了一步。

爷爷给我指了指远处的一个小男孩：“他天生有面部缺陷，眼皮和鼻子都是畸形的，下巴连到了脖子上，为此受到了很多人的嘲讽。他因为这个难过来到这里，可这个不老实的小家伙，起初没少在这里干坏事，后来才慢慢平静，表现得很好。今天是他拆开第二十个盒子的日子，如果顺利的话，拆完他就要回家咯。”

青合爷爷吹了一声口哨，男孩看了看他，笑容灿烂得像外面的霞光。

我看着青合爷爷佝偻的背和满是皱纹的眼角，忽然间一股暖流在我身体里流淌。我不知道为何这位白发老人会在这样一个昼夜不分的地方，建起这样一座博物馆，日夜守候世间的难过。

我正走神，青合爷爷继续和我说：“他是后来才鼓起勇气打开那些嘲讽、欺辱他的人的难过盒子的，他惊讶地发现，原来在他们的生活里也有那么多难过，不管平日里看起来多威风嚣张，多肆意畅快，他们都有自己的脆弱。”

只是有的人充满善意，有的人误入歧途，善良的人靠外部的爱去化解内心的悲伤，而误入歧途的人，将自己的悲伤转嫁到别人身上。

现在这个难过的男孩决定释怀曾经受到的那些伤害，并想化身成为一名超级英雄，保护更多像他一样的人。

我恍然间明白，拆解别人盒子的过程，似乎也是一场自我治愈之旅。

青合爷爷带我来到了二楼，这里存放了更多的盒子，有些装着失去至亲的难过，有些承载失恋的痛苦，有些储存着事业受挫的灰心，有些摆放着梦想破裂的心碎。

看着一个个盒子里的难过，它们焦灼，拧巴，纠缠，像一团团熊熊大火一样。博物馆里的管理员们，面色平淡地整理着这些盒子。

一个声音忽然从身后传来。

“这有什么好哭的嘛，世上失恋的又不止你一个，多正常的事 啊，还闹个没完。”

一个女孩在拆解一个失恋女孩的盒子。

青合爷爷冲我笑了，他说，这个女孩已经在这里半个月了，起初因为失恋想自杀，后被带到了这个难过博物馆。在这里，她只对失恋之人的盒子感兴趣，她置身很多失恋情侣的故事，从起初的搞破坏、愤懑不平、情绪失控，到后来慢慢发现有的爱不能错过，而有的人不必再等。

当她流着热泪看别人的故事时，就明白了这世上的爱千奇百怪，有遇见就会有再见，有拥有就会有失去，没有谁离开谁就活不下去，也永远都有真爱值得耐心等待。

所以她想明白了，再回去现实生活中，她要好好吃饭，好好睡觉，再也不会为了那个错的人而把自己的生活过得四分五裂了。相反，她要花时间改造自己，从里到外，努力成为一个厉害的、有魅力的人，只有这样，幸福才会顺其自然地与她相拥。

我的嘴角微微上扬，我知道，她得到了自己想要的治愈。

不知为何，我更加期待这趟难过博物馆之旅了。

4

父亲离开我们娘俩时，距离我的高考还有四个月时间。

我的成绩虽然已经有了一些进步，但总归还是没达到中等生的水平。不过好消息是，我的语文成绩提高很快，甚至有两次考试，我的作文竟然得了满分。

我在语文课上享受到了我从小都没有感受到的优待，老师会念我的作文，不时还鼓励我把曾经写过的文章投稿到杂志社。同学都开玩笑说，语文老师偏爱我，我那两次作文满分，说不定就是她判卷子时，从全年级一千份试卷里认出了我的字迹。

不过说实话，这可是我人生第一次体会到被认可的感觉。

语文老师经常打电话给我母亲，劝她思想开放一些，多给点支持，我以后一定会很有出息。母亲嘴上说着感谢，实际上还是没有答应给我再买课外书，一本都没有。

的确，我家已经拮据到连买一本书，都要慎重思考了。

祖父的病更重了，眼下交不起巨额医疗费，家里四拼五凑，也凑不够让祖父继续治疗的钱。医院那边告诉我们，祖父的病是绝症，像他这样的病，完全没可能治愈，现在唯一能做的就是花钱延缓病情的恶化，延长活着的时间。

他们形容得很准确——花钱买时间。

祖父每天都很痛苦，躺在床上，大小便失禁，输着营养液，身体越来越瘦。

我想为他做点什么，可我似乎什么都做不了。

我才意识到，在成为有能力的大人之前，我对这个世界无能为力。

北方的冬天还没完全过去，光秃秃的树依然瘦骨嶙峋。巨大的钟表悬挂在教学楼外面，走廊上来来往往的都是抱着书小跑的高三学生。

而我正用手拨弄着校园里矮矮的灌木丛，有叶片随之凋落，我在反复思考着昨夜母亲问我的那个问题。

她说："儿子，你将来有可能成为一名作家吗？"

我没有回答她，直到现在我脑海里都在想这个问题，它仿佛藤蔓一样四处缠绕，刺痛着身体里的每一根神经。

我无法作答。

我确实痴爱文学，可语文成绩也确曾烂得一塌糊涂，即便当下有偏爱我的语文老师鼓励，我也不能确定，我能否和作家挂得上钩。

关于对自己的认知，我是这样想的：多愁善感，情感细腻的文字记录者。

因此，我还是那个普普通通的高中生，别提什么光鲜亮丽的大作家。

中午放学回家的时候，我就回答了母亲的这个问题，我说，我没想成为作家。

我能瞥得见她眼里的失落，一时间我难以分清楚，这究竟是她想得到的答案，还是她不想得到的答案。

我连忙说："妈，我不看课外书了，我会好好准备高考的，还有几个月时间，我一定能考上好学校！"

她哭得更凶了。

这两年来，我第一次见她哭。

母亲嘴里还抿着米饭粒，凌乱的碎发垂下来，没什么血色的皮肤透露出生活的凄苦。

我慌张地坐过去，给她擦了擦眼泪。

热热的，软软的，湿湿的。

我知道，她是恨铁不成钢，她不希望我的文学梦死灰复燃，她希望我快点长大，成为她的依靠。

而我一定会的。

我会带着母亲生活得很好，直到父亲看到。

5

在难过博物馆里还有这样一项规定，拆解的盒子必须从完全陌生，到略有关联，最终才能密切关联。因此，母亲的盒子我要到后面才能拆开。

由着兴趣，我拆开的第一个盒子是一位知名作家的盒子，他年过40，功成名就，整日应付各种社交应酬和颁奖典礼，忙得不可开交。他的日程被出版公司排得太满，没时间度假和陪伴自己的家人，因此感到难过。

又荒唐又可笑，明明这是多少像我一样的人所梦寐以求的。

我想了想，为了解决他的难过，我决定安排一场见面。

首先，我在他的一场读者见面会上设置了一个私密的专访环节；其次，我以志愿者的身份参与这场见面会，这样就有机会和他沟通；最后，我写了长长的一封告诫信，叫他知足。

一切如计划进行，到了访问环节时，我把信给了他，又和他讲了讲我的故事。我大胆地质问他，有什么资格嫌弃当下正被无数人羡慕的生活。

你所浪费的，正是别人珍惜的。

你所鄙夷的，正是别人渴求的。

你所放弃的，正是别人争取的。

我是一个从小就喜欢文学的孩子，如果在一个正常家庭里，我的这份爱好应该被当作闪光点，得到培养、支持和鼓励。而我恰恰出生在一个贫寒的家庭中，我的这份爱好只能被看作不务正业，在父母短浅的视野里，爱好是不能当饭吃的，所以我就必须放弃，即便热爱，也要放弃！

作家听我讲述完自己的故事，眼眶里似乎有些湿润，他请助手留下了我的联系方式，随后就登台演讲去了。

我坐在台下，还在因刚刚大胆的斥责而紧张，毕竟他乖巧得就像个小孩子，没有一句回击。

台上的他，平静地讲述着自己的故事。

他抱着理想四处碰壁，后来遇到爱人，在30多岁结婚，是爱人陪伴他坚持不懈地投稿。一个偶然的机会，他所写的稿子以很低的价格被一家出版社签约出版，没想到后来一夜间爆红。

面对突如其来的荣誉、掌声、财富，他手足无措，沉浸在成功的喜悦中，也正是在这个过程中，他忽略了家人的存在。

市场上四五家出版社抢着向他伸出橄榄枝，想争得他新作的出版权，数以百计的品牌想与他联名，他就在这样的追捧里伏案写作。

整日读书，写稿，冥想，不允许外界有任何的打扰，包括爱人、孩子，以及家里的老人，都不能扰乱他的心绪。即便他父亲患有癌症，他也少去陪伴，更别提其他亲戚了。他就像一个不肯张开的贝壳，把自己与世隔绝。

闭关写作结束，就是参加大量的商业活动，参加代言、讲座、颁奖礼和晚宴，整日满满的行程，让他根本顾不上工作以外的事情。

最长的一次，他三个月没回过家。他就像一根漂浮在大海上的稻草，随着波浪四处漂荡，早就忘记了自己的来处。

这样的状态持续了两年，直到他的父亲病死离世。

他父亲去世的那天，他正在录制一档电视节目，助手在一旁示意主持人暂停录制，告知作家后，他红着眼圈，六神无主地录完了后半程，当晚赶回了老家。

最终，他还是错过了见父亲的最后一面。

末了，他在台上鞠了一躬，说要感谢一个男孩给了他这样的勇气，让他把自己这些年的不完美和错误都真诚地袒露出来，他选择勇敢地面对过去、面对自己。

第二天，“知名作家自曝不孝往事”的新闻，火速登上了各大报刊。

我猜测，青合爷爷一定会来指责我搞砸了这一切，说不定我要被惩罚，在这里再多做一阵子管理员。

这可真不走运。

6

我一进门，还没顾得上卸下沉重的书包，就看见母亲手里拿着一本杂志，兴奋地朝我跑来。

“儿子，你的文章登上杂志了！”

我已经好久没有看到母亲这样的笑容了，虽然还是零碎的头发垂在眼前，可此刻的它们似乎都在跟随着母亲喜悦的心情跳舞。

“你偷偷帮我投稿了？”我一手接过母亲手里的杂志，故作镇定地找寻自己的名字。

“是你的语文老师，她把你的稿子整理了一下，投给了杂志社，没想到这么快就有杂志刊登了你的文章，还给了两百块稿费！”母亲兴奋地说。

厨房里飘来香味，我能闻得出来，今晚母亲好像做了一顿大餐。

我假装不在乎地把杂志丢到鞋柜上，丢下一句“作业还没写完”就进屋去了。

是啊，绝不能让母亲失望！我必须表现得毫不在意，并且要拿出姿态——要高考了，我心无旁骛，眼里只有成绩单和倒计时！

我把自己锁在洗手间里，深吸了一口气，平复了一下心跳，努力告诉自己：马上要高考了，不要被影响，不要做白日梦。

随即，我照了照镜子，可恶，嘴角竟然控制不住地上扬，我分明在笑啊！

不管我怎么控制表情，我都在笑啊！

为了不被母亲发现，走出洗手间的时候，我故意说了一句：“妈，你牙刷该换了，现在的刷头像个刺猬。”

那天晚上，做完作业的我悄悄跑到阳台上，看着夜空里的繁星，它们都那么璀璨，各个散发着迷人的光亮。

会有一颗属于我吗？

之后，我又开始了熬夜复习的日子，比之前更努力。

我知道，只有当我学成走出去，才能撑起这个家。

LIGHT UP
THE WORLD
WITH PASSION

7

打开语文老师的难过盒子时，我着实吃了一惊。

原来每天都在我们面前女强人一样的她，私下生活里是个可怜的女人——她的爱人整天在外面忙碌，很少回家，这个小小的家庭，全靠她一个人维系。

而即便如此，她还是很热心地利用业余时间整理我的稿件，帮我投稿到各大杂志社，所以我能发表那篇文章，完全是她的功劳。

可我还是想不通，如果只是简单地欣赏我的文笔，在教学上多照顾我就是了，为何要帮我做这些与学习无关的事呢？

带着好奇心，我一点点拆解她的盒子。

语文老师能看出我的执念，她懂我心里一直有个文学梦。为了鼓励我，她从一千份试卷里认出我的字迹，顶着压力给我满分，就是为了要我自信，要我知道我是一个可以发光的人。

而很多很多年以前，她正是如此鼓励她的爱人的。

是的，她的爱人是一名作家，正是我采访的那位作家！

所以一切都连起来了对吗？

她利用了爱人的人脉关系，把我的文章投稿到了杂志社，因此我的稿子才得以被刊登。

她知道，这个世界上总有一些理想主义者，他们在沦为世俗和丧失自我的边缘徘徊，只有一份坚定的支持，才能将他们从悬崖边拉回。

她在我的身上看到了爱人的影子。即便爱人再过分，再固执，再忽略整个家庭，她也在用她伟大无私的爱，去支撑这个男人小小的、自我的却又炽烈的梦想。

所以即便爱人再忙，她还是拜托他帮忙四处联系出版社。

终于有一家出版社给了答复，说愿意帮我结集出版作品，但考虑到我是一名高中生，没有知名度，很可能这本书会赔钱砸在手里，所以出版社提出了一个要求——要我自费两万元作为成本支持。

真令人遗憾。

后来语文老师找到了我的母亲，和她说了这个事情。那天晚上，母亲语重心长地问我——儿子，你将来有可能成为一名作家吗？

我以为母亲是想考验我的定力，所以第二天中午，我坚定地给了她否定的答案，告知她我并无此意。在我为自己的机智感到骄傲时，母亲眼里尽显失落。

这一切都串联起来了，原来现实生活里，她曾真的心动，想从家里的积蓄里拿出两万块，支持我的文学梦想！

我的母亲啊，她为了我，什么事都愿意做！

要知道她是那个在菜市场为了一两块钱和人家讨价还价的女人，是那个过年都没舍得买新衣服的女人，是那个吃饭会把肉、蛋和一切有营养的食物统统留给我的女人，是那个活得完全忘了自己只记得我的女人……

关于这些，我是在母亲的难过盒子里看到的。

是的，随后，我也打开了母亲的难过盒子。

她说，她知道儿子有一个关于文学的梦，可又不知道该不该鼓励他去实现。

母亲怕我因为年轻和冲动，选择错了人生道路，将来没能力照顾自己。

我亲爱的母亲啊，不管我做什么，她都要费尽心力地替我考量。她说，她上半生活着的意义就是为我操心，当我长大成人有能力照顾自己了，她也就完成了她的使命。

母亲难过，除了有对我的担忧，竟还有对父亲的想念。

这令我很不解，在她的难过盒子里，我看不到她对父亲任何的怨恨，要知道，这个男人曾狠心抛弃了我们母子俩。直到如今，他都没有回来，对此我满心恨意，而母亲却没有一点怪罪他的意思。

我实在无法理解，我想，这个谜题，或许只能通过打开父亲的难过盒子来解开。

虽然我一点也不想碰他的盒子。

8

今天是高考前的最后一天，是父亲离开我们母子俩的第四个月，也是祖父被接回老家的第一天。

学校放学生回家复习了，我到家时，在家门口收到了一封信，上面歪歪扭扭的字迹我无比熟悉。没多想，我就打开了，里面是一张银行卡和一张小字条。

小字条上写的是：钱已存好，可给杠杠交钱，我一切都好，勿挂念。

认出这个字迹的时候，我的眼睛有些发酸，我知道称呼我小名“杠杠”的人，这个世界上只有三个——祖父、母亲，还有父亲。

所以这是父亲寄来的钱和信，而他说的“交钱”，我花了半小时才想通，或许是想给我交钱到出版社，结集出版我的作品。

把信原封不动放好，回到房间我就蒙着被子哭了出来。

伤害我就好了啊，为什么偏偏要在伤害我之后再来爱我。这种感觉和割破我的身体，再回来舔舐伤口有什么区别？

一整个晚上我都在分心，完全复习不下去，只要一闭眼，满脑子都是父亲。

我知道，再这样下去，高考一定会受影响。

这晚，我失眠了，做了噩梦，梦见父亲要我跪下来感谢他，又要我把这些钱全部还回去，我还梦到他动手打了我。

第二天到考场上，我连打哈欠，不管怎么掐自己的脸，都打不起精神来。

浑浑噩噩地两天过去了，高考结束了。

没有奇迹，我发挥一般，擦边考上了二本，被一所二本里排名倒数的学校录取，调剂到了我完全不感兴趣的专业。

那一整个暑假，我都垂头丧气的，不想见人，不想外出，只把自己关在房间里发呆。

我终于大大方方地把藏在床底下的那些书都搬了出来，一本本拭去上面积着的灰，然后阅读起来。曾经读不懂的，好像现在都能读懂了，曾经读懂的，如今也理解得更深刻了。

两个月后，我的命运彻底改变了。

不是因为换了城市读了大学，而是我出版了自己的第一本书。

9

一座破旧的工厂里，格局清晰，宿舍区、生产厂房、食堂，秩序井然。工头脖子上挂着一个口哨，手里拿着一面小旗子，挥舞指挥着这里的工人。

工人们一个个没什么好脸色，也不言语，一副被压榨得只剩下最后一丝力气的样子。

我的父亲就在其中。

离开家后，他就跟着朋友去了这座工厂里打工，吃住都在这，因此可以一天到晚超负荷打工。

用工头的话说，想多赚钱，就别休息。父亲放弃了一切休息时间，用命在这里辛苦地赚打工费。

在我高三那一年，祖父病重，可全家都掏不出多余的钱给他医治了。按医生的话说，祖父现在也是在遭罪，儿女与其花高昂的医疗费，不如心态好一点，接受生老病死的自然规律。

可父亲接受不了这个现实，他只想多赚一点钱，延长祖父的寿命，有一天算一天。一个偶然的机会，他朋友给他介绍了一个到工厂打工的机会，由于报酬高，他忍痛离开了母亲和我，独自到了那个工厂打工。

当他听母亲说我的稿件被出版社看中，自付成本就可以出书的时候，他心动了。于是他同意了伯伯和姑姑的提议，把祖父接回老家，放弃治疗。

那是最爱我的祖父啊，是我断绝了他再医治下去的可能。

想到这里，我的热泪奔涌而下，我不再恨父亲，不再恨伯伯，我只恨自己。

正是在这个时候，我来到了难过博物馆。

据说人在最难过的时候，就能看到墙上悬挂着一道门，门上写着“难过博物馆”几个大字。

穿过这堵墙，就是低矮的灌木丛，长尾巴的飞鸟，烧透整片天的晚霞，以及用木头和茅草搭制的难过博物馆。在这个地方，四季恒温，昼夜不分，因此晚霞是要烧24小时的，整日，只有晕晕的鹅黄色的霞光打下来。

我也就此开始了我的博物馆自愈之旅。

我忽然意识到，这似乎是一个闭环！

博物馆里的我和现实生活中的我在平行世界各自向前，我以上帝视角瞥见这些秘密，并即将改写我们的命运。

我想起青合爷爷所言——“时刻记得，不要被恐惧控制，没有真正的痛苦，勇气会赐予你一切力量，面对才是真正的智慧。”

是的，我不要再软弱了，如果痛苦与难过无法将我们置于死地，那就将它们变成我们身上坚硬的铠甲！

于是我整理出这些年写过的稿子，把它们装订在一起后，我在封面上写下“难过博物馆”几个大字。

在那个平行时空的博物馆世界里，在一场与知名作家的访谈中，我获得作家的注意和帮助，而作家的爱人正是我的语文老师，所以这在暗示着我，找到语文老师就可以联系上作家！

我要到了语文老师爱人的日程安排，在那天，我自称专访记者，到了作家的休息室，当其他媒体都在问着事先沟通好的问题时，只有我讲述了我自己的故事，点醒了同样难过的作家。

他看着我热泪盈眶，让助手留下了我的联系方式。我把早就精心准备好的稿子递给他的助手，并请求她一定转交给作家。

在那天的演讲里，他说，他要感谢一位年轻人，给了他启发和勇气，去面对自己曾做过的一切。

演讲完毕后，并没有像当初在博物馆里发生的那样——媒体争先报道“知名作家自曝不孝往事”等负面新闻，他反而收到一股脑的好评，媒体和读者都被他的勇气与真诚打动，他登上了新闻热搜，图书销量又涨了一波。

在这种情势下，多家出版社向他伸来橄榄枝，想要获得他新作的出版权。而他，将我的《难过博物馆》交给了这些出版社，连带着一句话：如果想获得我的出版权，请先签下这位年轻男孩的作品。

在那个夏末，有三家出版社被我的文笔打动，向我发出出版的邀请。

蝉声不再那么聒噪，天空也变得越来越辽阔，树叶停止打卷，飞鸟开始远迁。

我炽烈崭新的人生，从此开始。

“看这边！”

“这里！”

“左边！左边！”

摄影师和媒体朋友喊着我的名字，要我配合露出我的正脸。

背后是近千名书迷拿着我的海报和图书，他们大声叫着我的名字。

这一切魔幻的改变，就发生在那个夏末。我的作品一经出版，便登上各大图书榜榜首，紧急加印的情况下，还曾一度售罄。

父亲不在那家工厂打工了，现在的他，整日红光满面地拿着我的书和街坊邻居吹牛。他说，我爱读书的好习惯就是他培养的，是他一路支持我，才让我实现了今天的作家梦。

母亲比父亲还要夸张，逢人就讲述含辛茹苦培养我的艰辛故事，讲一次，哭一次，邻里亲戚跟着一起哭，赞叹母爱的伟大。

我似乎看到我破碎的家庭在一点点黏合，我们家的命运在我拼命的扭转之下，从夜到昼，从死复生，是勇气和信念让这一切得以发生。

10

那个夏末我成了炙手可热的新锐作家，生活重新沸腾起来，父亲回家和我们团聚，债务还清，生活不再拮据，一切都很美好。

除了祖父的病逝。

祖父要不行了的那天，我正在外地参加活动，工作结束后我连夜赶回老家，终是在祖父离开前见到了他。

他笑眯眯的，眼睛像一弯月牙。

祖父说，我乖，我争气，他已知足安心。

我抱着他大声哭喊着，叫他再坚持一下，不要丢下我。

那一瞬间，我明白人是无限渺小的，病痛、时间、死亡、都远比我们强大。在它们面前，我们根本无须谈论难过。

“孩子，别难过，我只是去另一个地方看着你。”

祖父轻抚着我的头，握住我抽动的手，他的嘴唇微微张起，仿佛在说——

“你把难过向上抛，它们就成了天上的星星；你把难过丢到地上，它们就会开出花朵；你把难过捧在掌心，它们就会成为你的朋友。”

祖父的葬礼上，伯伯宣读了祖父的遗书。他读得很慢，因为祖父的字写得歪七扭八，实在难以辨别。

祖父给每个人都送上了浪漫的祝福，到我的部分时，他说：“要杠杠做自己，勇敢一点。在这个世界上，你可以暂时把难过偷偷装在盒子里，但实际上没有人会帮你打开这个盒子，要想揭开，还要靠自己。”

那一瞬间，祖父在老家的这幢三层小土楼，一点点模糊，一点点变幻，晚霞烧起，赤色、橙色、淡紫色、浅粉色，有层次地延展开来，矮木丛开始起舞，飞鸟从头顶掠过，一切晕上了暖暖的光。

我忽地意识到，这就是大名鼎鼎的“难过博物馆”。

我明白了，祖父就是青合爷爷，他之所以在博物馆里工作，就是想等到我有一天来到这里，解开自己的难过盒子。

而他，虽然永久地离开了我，却如他所说，他会在另一个地方继续守护我，我坚定地相信，那个地方，一定是不分昼夜，四季恒温，晚霞24小时烧个不停。

11

葬礼结束后，父亲和我并肩往回走，我们俩沉默着。

我突然想起那张银行卡，我问父亲：“当初打工攒的钱，为什么没有给祖父寄过去看病，而是要妈给我交钱出书？”

父亲笑了笑，他没有说话。

走在他的左边，我看到他眼里的泪光一闪而过。

像流星一样。

打渔

恍然间，我看这棵树就像一片大海，叶片是深沉的海水，
花是粼粼的波光，至于那些香氛，一定是妹妹寄来的礼物。

打渔

1

如果数到三，她再不冒出水面，我就真的要大叫了。

“一。”我念。

江面静静的，没有一丝波澜，如果不是有飞鸟落在水面上，荡起一圈涟漪，真让人以为这只是一面巨大的镜子。

什么动静都没有。

我实在搞不懂，水下捉迷藏，到底有什么好玩的。

“二。”我喊。

不远处有船划过，船桨划过水面，声音清晰可闻。船夫操着一口南方口音，开始唱行船曲。

天闷闷的，阴云压着，空气燥热。

沈二行这个淘气鬼，每次都要和我玩这样的游戏，若不是不懂水性，我早就下去把她抓上来了。

“三！”我大声喊出来。

没有人回应我，只有岸边女人在木盆里搓衣服发出的声音，卸货工整齐的嘿哈声，卖货人的吆喝声。

飞鸟离开水面，从头顶掠过，发出一阵凄长的哀鸣。

这个沈二行越来越没大没小了，完全不把我这个当姐姐的放在眼里。按照往常的剧情，她应该“扑通”一声，从平静的水面一跃而出，带着闪耀的碎碎的水花，大笑着对我说：“怎么样，姐，你是不是又害怕啦？”

随后看着我满脸的惊慌，她得意扬扬。

这是她一向喜欢玩的幼稚游戏。

然而并没有。

妹妹最终没有跃出水面。

“死人了”三个字，从我的嘴里大喊出来。

本以为和大多数时候一样，妹妹只是在水里憋着气和我开玩笑，没想到这一次，她竟然溺死在了这条江里。

溺水的原因是妹妹的脚缠上了水草。而作为姐姐的我不会游泳，没有第一时间下水去救妹妹。

消息很快就传遍了渔镇，人们背地里纷纷指责我没看好妹妹，那么小的生命，惨死在了水里，会有冤魂找来的。

我的家人并没有多么悲痛。

“当初知道怀的是个女娃的时候，我就说了不该要。”父亲把原本妹妹住的床铺收拾出来，随即堆放了一些杂物上去。母亲眼神空洞，像一座雕像，没有说话。

葬礼办得很简单，父亲没有把哥哥沈富强喊回来，理由是哥哥刚在渔城一中升职，如今小女儿意外惨死，属实不吉利，可不能把这霉运传给儿子。

沈富强是我的哥哥，也是渔镇为数不多考上大学的高才生，毕业后他回到距离渔镇一百公里外的渔城，在当地最好的高中渔城一中谋了份工作，教数学。左右逢源又能力超群的他，很快就得到了领导的赏识。

前阵子，他刚刚升任渔城一中的年级主任，我们家一时风头无限，渔镇的很多人家都前来拜访，想摸摸门路，看能不能把自己的孩子送去渔城一中上学。

和光耀门楣的沈富强不同的是，在父母眼中，我和妹妹沈二行，都是拖油瓶。

沈富强比我大六岁，我比妹妹大四岁，可单从外表看，我们绝不可能是一家人——哥哥人高马大，身体强壮，走路带风，而我和妹妹瘦小孱弱，走路总喜欢低着头，逢人都不怎么言语。

这一定和我们仨从小受到的待遇不同有关，虽然父母并不承认。

小时候，家里有新鲜的米面和肉蛋，都要先给哥哥吃，理由是，将来我们要靠哥哥养活。如果有剩余，会是妹妹的，母亲给的理由是妹妹小，我要让着她。所以夹在尴尬的中间，我没吃过什么好饭菜。

当然了，妹妹吃的也没比我强到哪里去，毕竟我们家是一个极度重男轻女的家庭。酗酒的父亲经常酒后发疯，耍着脾气对母亲拳打脚踢，有次妹妹上前去拦架，被父亲一巴掌打倒在了地上。

那时候她才8岁。在父亲眼里，女人不中用。

他也是这样对待母亲的——父亲说母亲是没用的家庭主妇，全要仰仗他打渔生活，生孩子也不靠谱，连生两个丫头，坐月子期间还要吃各种补品，实属浪费。

与妹妹不同的是，我不喜欢掺和父母之间的事情，更准确点说，我不喜欢面对父亲。在我心里，他就是恶魔。

母亲似乎察觉到我对父亲的憎恨，她只是一个普通妇女，连自己的命运都掌握不了，更别提关心我了。

因此，我从小就生活在这样一个畸形的家庭中。

我还没念完初二，就被父亲强制办理了退学，尽管当时我的成绩还不错，将来有希望考上一所不错的高中。父亲给我办理退学的理由是，我需要照顾精神失常的母亲。

是的，母亲日渐精神恍惚，有时候疯疯癫癫的，总说胡话，有一次她失踪了一夜，第二天是在苞米地里被发现的。

所以我成了“第二个母亲”，整日负责给家里人做饭洗衣，照顾两大一小，用父亲的话说，我不必上学，在家做好母亲的接班人就好。

那会儿哥哥正读大学，家里给他攒钱很费劲，所以他很努力地实习和打工，时不时还会给家里寄来一些钱作为补贴。父亲拿到这些钱开心坏了，他知道，哥哥是他未来唯一的希望。

只是他从没有在意过，我和妹妹的心里，已经蒙上了一层厚厚的灰。

2

妹妹曾说，只有在水底，她才是一条自由的鱼。

沈二行对游泳的痴迷，大概是在10岁的时候养成的。那时候父亲打渔忙不过来，就要沈二行到江边帮他打下手。偶尔父亲不在，二行就偷偷地跑下水去，躲在水里，“咕咚咕咚”地往外吐着泡泡。

我能理解，她无非是想找个清净的地方躲起来，以免受到父亲的数落。

父亲可没少对我们使用语言暴力，在他粗俗的话里，我和妹妹都是没用的东西，他常说，我们就是只知道吃的母猪。

我不知道他为什么非要强调“母猪”这个词，明明猪都会吃的，又不是只有母猪会吃。

可现如今，家里只有我“一头母猪”了。

妹妹的离去给了我很大的打击，没有和我在槐树下交换秘密的人了，也没有在水里玩捉迷藏吓唬我的人了，没有当我在墙角罚站时，偷偷朝我丢来一颗糖的人了，也没有在我被伤害时抱抱我说坚持活下去的人了。

我想念她，甚是想念。

自从妹妹去世，我在渔镇的名声就被传得非常不好，每当我出现在人们视野里时，他们就会议论，我到底是不是故意让妹妹溺水的。

多么无知，多么可笑，我压根不懂水性，何来见死不救？

可舆论就是这样，像一阵风一样轻而易举地压倒一根稻草，稻草在这阵飓风面前，脆弱不堪。

因为流言，我受到了更多的欺辱。

路对面的那户人家，几个顽皮的小男孩用弹弓攻击我，隔壁的几个坏小子捡起羊粪丢在我身上，镇上的几个富家子弟，买来水枪朝我喷水。我越不反抗，他们就越享受那种得逞后的快感。直到有一天，他们抓着我的头发，把我往麦地里带，脱了裤子朝我身上尿尿。

我哭了，哭得稀里哗啦，哭得无能为力。我不知道该怎么办，即便妹妹在也不会管用，他们只会像多抓到一个靶子一样，变本加厉地欺负我们。

看到我如此脆弱，他们开心极了，大声欢呼着，如同庆祝新年。

有那么一瞬间，我想过跳江自杀。

可骨子里的倔强不允许我这样软弱，凭什么是我输，凭什么是我让步，凭什么是我选择死亡？他们不配拥有这等好事，我也决不允许自己就此沉沦。就算死磕，我也要和这个世界磕下去，我要把这一切的账都算清楚，并且加倍讨还。

回到家后，我趁父亲不注意，脱下了衣服，拿去江边洗了。我才不要让他知道我被欺负了，我知道他只会骂我没用，甚至还可能说我不守妇道，被男孩子们盯上了。

我用力地揉搓着衣服，洗去那作呕的尿骚味，眼泪滴答滴答地落着。

洗完后，我抱着一大堆衣服回到家里，父亲正在桌边喝着小酒，吃着烧鸡。他喊我坐下，急忙忙地和我炫耀哥哥又寄来一沓钱。

他吃掉了两个鸡腿，两个完整的鸡腿，没有问我一句饿不饿。

自从妹妹离世后，家里的饭菜基本就是父亲一个人吃，我和母亲吃些残羹剩饭。

有时候我在厨房做饭时会偷偷吃一些好的再端上来。有次我嘴角的油渍没擦干净，被父亲看出来了，他竟凑到我的嘴边，叫我张开嘴巴朝他哈气。一股香喷喷的红烧肉的味道从我的嘴里传出，他气得拿筷子重重地敲了我的头，并罚我站了一整晚。

他绝不会允许我挑战他的秩序，我必须是他手里的一颗棋子，一颗听话的、任他摆布的棋子。

夜晚，槐树的花散发出一股股浓郁的味道，月光温柔地洒在槐花上，闪着微光。恍然间，我看这棵树就像一片大海，叶片是深沉的海水，花是粼粼的波光，至于那些香氛，一定是妹妹寄来的礼物。

我抬头看了看漫天缀着的星，竟分不清楚哪一颗才是妹妹。明明以前我都能找出最亮的那颗的，今夜，无论如何我都找不到。

我没出息地哭了，我弄丢了我的亲妹妹。

而且更重要的是，这样的日子啊，究竟什么时候才是个头。

3

母亲病倒了。

她在起夜的时候不小心摔倒了，腿骨折，从镇上的医院回来后，就一直瘫在床上休养。我喂她米粥的时候，她总问我哥哥什么时候回来，妹妹什么时候回来。

我答她，哥哥不回来了，他在渔城发展得很好，妹妹也不回来了，她在另一个地方过得也不错。反而是她，这个苦了大半辈子的女人，再不快点好起来，没什么好日子，命就要到头了。

我不知道她能否听得出我对她的鼓励，我想要她和我一起联合起来，对抗父亲。

她似懂非懂地点了点头，可听到我说的那句她好日子要到头了，她勃然大怒，一把打翻了我手里端着的米粥。

碗摔在地上，声音招来了父亲，他看到这个情状，拿起床上的鸡毛掸子就朝我的背打。看我吓跑了出去，他就揪着母亲的头，大声呵斥她。

父亲说："疯婆子，又打碎我的碗，你到底什么时候去死！"

母亲吓得哇哇直哭，双手抱着头，说自己再也不敢了。

透过门缝，我看到母亲眼里黯然失色的光。

如同以前一样，父亲对母亲下手从没有手软过，他将脾气发泄在母亲身上。

我想去拯救这个一直都被父亲操控的女人，可我清楚地知道，现在的我还没这个能力，但有一天，一定有一天，我会亲手把这些痛苦都还给父亲。

可能是想这些想得出神了，父亲走出来时，我甚至没有觉察。

他很生气，问我愣着干吗，要我把碗的碎碴儿赶快收拾干净，因为我哥要回来了。

时隔一年半，我又要见到那个大我六岁的沈富强了。

沈富强一进门就大摇大摆地在桌边坐下，皱着眉头嫌父亲准备的茶不够热。父亲见状，赶快上前嘘寒问暖，满嘴笑意，并示意我去给哥哥沏壶新茶。

哥哥锃亮的轿车停在我家破败的院子门口，形成了鲜明反差。我路过的时候反复打量了车一番，并没有因此而获得喜悦感。这点我与父亲不同，我从没想过依靠沈富强改变生活，我知道人终究只能靠自己。

我端了壶新沏好的茶，准备给他们送去，却在门口听到沈富强抱怨自己最近摊上了一起倒霉事，带着好奇心，我站在门外偷听下去。

是一位渔城一中的高一女生被沈富强强暴了，她不顾沈富强的威胁，把这件事告诉了家长。第二天家长找上学校，扬言要和沈富强拼个你死我活。

学校迫于压力，让沈富强先回来避避风头。

“怎么传出去的，这么不小心。”这是父亲说的第一句话。

我愣住了，他果然一点人性都没有，这时候不是该忏悔和歉疚吗？

沈富强接着说：“那丫头身边的都被警告了，说是安全的，谁知道出了这么个叛徒。”

一刹那，我开始耳鸣，像是有上百只蜜蜂钻进我的耳朵里一样，一阵嗡嗡的响。

“那怎么解决？”父亲关心道。

“校长也有份，所以他会兜着，不然他也脱不了干系。”原来沈富强背后有靠山。

“先跟家长施施压吧，看看能不能赔点钱保太平。”父亲好心地出着主意。

然后我就听到父亲吐掉嘴里的茶叶，随即大喊：“死丫头，茶泡到谁家去了！”

我赶快进屋把茶放上，也顾不上稳定稳定自己颤抖的手。

那天夜里我失眠了，我亲耳听到了沈富强的禽兽行径，知道一百里以外的地方，一定有很多女孩和我一样忍受巨大的痛苦。

我想为她们做点什么，可我能做什么呢？

我连自己人生的牢笼都还没挣脱，又如何去解救那些女孩？

可我明白，我必须要这样做，我一定要这样做，我要亲手刺破那些黑暗里的罪恶。

再见到沈富强的时候，已经是一个月后了，这次他又是开着那辆轿车回的渔镇，和上次一进门就愁眉苦脸不一样，这次，他把喜悦挂在了脸上。

父亲迎着他，两个人对视的时间，就明白了上次的危机解决了。

他招呼沈富强坐下，又挥挥手，叫我去端茶。

“正好，茶刚泡好。”父亲说。

沈富强喝茶的工夫，把自己即将升任的事情透露了出来——不久后他就将是渔城一中的副校长，也是渔城一中有史以来最年轻的一位副校长。

上次的事情被校长摆平了，沈富强非但没有被惩处，反而还被评为渔城一中数学学科带头人、渔城青年人才领袖，还因为在校任职期间表现优异，破格被提拔为副校长。

犯下肮脏的罪行，他们竟然风光无限。

父亲激动地颤抖着双手，随即喝了一大口热茶下去，想平复心情，没想到因为太热，烫到了自己的舌头。他喷出嘴里的热茶，对我骂骂咧咧，说我想害死他。

“你就是看着我就要过上好日子了心里不舒坦！”父亲瞪着浑圆的眼睛，大声朝我呵斥，并有要动手的架势。

“听到没！我儿子要当副校长了！”他朝我耀武扬威，那样子可真让人作呕。

沈富强皱着眉头连忙挥了挥手，示意父亲坐下，不要在他面前动手打我。

“我现在没兴趣看你们闹，要打等我走了再打。”沈富强这样说。

他压根就没在乎过我这个妹妹。

父亲压下心头的火，嘴里小声嘟囔着：“死丫头长大了就不听我使唤了，越来越嚣张，再跟我杠，晚上等你哥走了，你给老子等着！”

一股反胃的不妙感觉从胃里翻涌上来，我急忙跑出屋，一口吐在了院子里。

沈富强看我们闹，也没了待下去的兴致，他起身就要回渔城去，连桌上为他准备好的橘子都没剥一颗。

临走，他想起了母亲。下意识地犹豫了一番，他还是走进那间小厢房看了看母亲。推开帘门，一股臭烘烘的味道扑鼻而来。

沈富强捂了捂鼻子。

“怎么样了？”他问站在一旁的我。

我看着面前失魂落魄的母亲，说不出话来。

他眨了眨眼睛，略有所思，最后撂下一句“我找找城里的养老院”就转身而出了。

4

看着沈富强离去的身影，我没忍住掉了眼泪。

父亲对我的火气还没有散，见我哭，他从里屋走出来，冷冰冰地问我：

“你哭什么？”

我没有说话，擦了擦脸上的眼泪，我不想被他瞧见我的软弱。

父亲见我不说话，径直朝我走来，一把抓住我的头发：“你哭什么！哭什么！你心疼她了？她活着有什么用！”

一声尖叫划破苍穹。

我也不知道自己哪来的这么大的力气，可以叫得这样响亮，带着战斗到底的决心和必死的绝望，我疯了似的向他嘶吼。

“够了！”我用力挣开父亲的手，披头散发地恶狠狠地瞪着他。喘着粗气的我，像极了一座就要爆发的火山。

很显然，父亲对我的激烈反抗很是惊讶，在他的设想里，我这辈子都要屈服于他，不得有半点反抗。

“够了！不要再作恶了！”我对他说出这几个字的时候，头脑发蒙，脸颊发烫。只是在说出这几个字后我才反应过来，我终究是鼓起勇气说出了自己这些年来的心声。

父亲怔住了，随后一巴掌欲打在我的脸上。

我躲开了。

他意识到我的反抗，更加愤怒了，像一头气急败坏的猛兽，追着我打。我被他抓住了，他撕扯我的衣服和头发，在我的脸部和头部反复击打，而我也趁机用力地咬他的手臂，直到他一脚把我踹倒在地上。

我失去了挣扎的力气。

太痛了，我的腰椎似乎要断裂了，头被击得发昏，嘴角冒着鲜血，身体因为恐惧而抽搐，我感到下一秒钟自己就可能会死去。

“去死吧！去死吧！”

他在我身上用力地踹了好几脚，直到我的身体不再动弹，像一摊死肉，他才停止了殴打。父亲大声地骂着我，朝我脸上吐了口痰，揉着被我咬伤的手臂就进了里屋。

屈辱感像疯狂生长的藤蔓，延伸在身体的各个角落，刺破肤体，撕裂我的魂魄。

母亲的脸透过厢房的玻璃望着我，很显然，她注意到了我们这里的动静，目睹发生的一切。可越是看到她茫然无知的样子，我就越感到愤怒，感到绝望，感到无助。

我知道，我必须逃离这个地方，逃离，逃离，逃离，就算死也要逃离。

我是靠着这股子信念，才来到茴城的。

那天晚上，父亲又在里屋喝大了，他独自庆祝儿子即将升任副校长的喜事，完全没发觉我正在厢房偷偷打包行李。

看他躺在床上酣睡过去，我轻声离开了院子，小心翼翼的模样，像一只老鼠。我先是跑过一条土路，再越过一片苞米地，最后沿着一条窄窄的小道径直走，前方就是渔江。一路的奔跑中，我没敢回头看，我知道自己有可能会被父亲追上，再被抓回去挨一顿打，但此刻的我已经不管这些了，只顾着奔跑，奔跑，用力地奔跑。

我从江边偷来一条船，根本无暇顾及是谁家的，跳上去后就开始用力地划，朝着远处亮灯火的地方——茴城划去。

夜里漆黑一片，我的心因为恐惧怦怦直跳，我没有回头，只顾着尽全力往前划，因为我知道，唯有前进，自己才能活下去。

途中遇到夜行的船只，我把头放得低低的，对方船夫朝我大声喊，问我是谁，这么晚是去做什么，我吓得加快了划船的速度。

顾不上他的质问，我拼命地向前划，一边划一边绝望地哭着，眼泪和鼻涕混在一起，一滴一滴落在肌肉紧绷的腿上。

“绝不能回头，死也要死在路上。”这是我对自己反复说的一句话。

恍惚中，我仿佛看到天空电闪雷鸣，风暴即将来临，巨大的浪涛好像要掀翻我的船，耳边好似有狂风在呼啸。随后，我就累得失去了知觉。

5

再醒来时，天光很亮，我已经人在茴城。

收留我的是茴城江边的一位渔民，他说是清晨时分准备打渔时看到我的船只漂在了江上，怎么呼唤我我都没反应，于是把我带上了岸。

当时我的脸滚烫，身上湿透了，呼吸沉重。他说我太累了，身体都是僵硬的。

这位好心人正在和我解释他是如何把我救下来的时候，他的妻子端着一碗热热的生姜水出现了。他妻子人很美，浑身散发着柔和的、慈爱的母性光辉，她嘱咐我不好喝也一定要喝下去，身体受凉了，必须要驱走身体里的寒气才行。

我听她的话，乖乖地“咕嘟咕嘟”把生姜水喝了下去，胃里随即暖暖的。

“哇，舒服啊。”我不禁感慨道。

我和他们讲述了我从小到大的遭遇，他们都非常同情我。看我已经成年，他们说可以暂不通知我的家人，收留我直至我的身体好转，再做下一步打算。

我无比感谢，表示愿意做家务来报答他们，可他们婉拒了。即便如此，我每天趁他们不在家时，会把家里打扫得干干净净，希望通过劳动来报答他们的恩情，减轻心里的负累感。

渔夫的妻子姓张，是做专栏记者的，她说如果我愿意，她希望将我的故事写成专栏文章，鼓励更多女孩走出黑暗。

我当然愿意配合，只是心里会害怕曝光会不会给自己惹来麻烦，

毕竟，沈富强现在是渔城一中的准副校长，手里的关系绝不会少。

更何况他背后还有一个校长撑腰，鬼知道那个校长是什么来路。

坦白说，那阵纠结的日子实在不好过，每天我都被良心拷问着，是选择正义，还是选择掩埋真相苟且偷生。晚上睡觉一闭眼，我就开始做噩梦，梦里尽是穿着校服的女孩子，她们面无血色地站在我面前，问我："为什么不救我？"

最终，我还是决定站出来，我要勇敢，我要坚强，我要突破曾束缚我的桎梏，我必须拯救连同我在内的受害者。

每天下午，都是我和张老师谈话的时间，她用录音笔和电脑记录下我说的每一件事、每一个细节，她一边飞快地记录，一边强忍着在眼眶里打转的泪水。

我不记得我们聊了多少个日夜，张老师写下来多少字句，也不记得有多少次都是她抱住颤抖的我，说"够了，不要再讲了"，我只记得，我们俩说好要用曙光驱散黑暗，用勇气拯救支离破碎的世界。

我并不满足于做一个陈述者，我还要发挥自己更大的价值。于是白天我就在茴城的街头小巷走访陌生人，采访他们是否和我一样，曾受过伤害。晚上，我就在张老师的书房读她书柜里的书，有关于传播学的，也有关于记者的职业素养的，总之，我正努力灌溉曾干枯干瘪的自己，希望自己能成为一个饱满的人。

在我采访过的人里，有18岁就出来支摊卖早点的阿姨，有穷得叮当响的修车铺师傅，也有穿着时尚的茴城电视台台长。

此外，我并没有放弃沈富强和校长犯罪的事情，每周我都会和张老师去一次渔城，我们潜入渔城一中，探访女学生，寻找蛛丝马迹。

奇怪的是这座学校就像是信息被封锁了一样，没人知道沈富强的丑行。我问每一个学生，他们和我说的都是："那是副校长，别的不知道。"

就好像那天的我幻听了一样，可我明明记得，沈富强和校长一起强暴了很多名女学生，招致了对方家长的愤怒，我确定我没有听错。

于是我加大了去渔城一中暗访的频率，扩大了重点关注的目标人群，有时候一蹲点就是五个小时。

直到我遇到芍药。

6

芍药是一个高二的女学生。

第一次和她提到"沈富强"这三个字的时候，她的眼神就有些躲闪，虽然我鼓励她把自己知道的都说出来，但她还是坚持不肯说。在她旁边的男孩是她的同班同学，我看得出，他们关系不错。

男孩不要我们多问，显然芍药知情，甚至可能就是受害者。

他保护着她，拉着她的手就跑，我们跟在身后。

在某个转角处，他们停下了步伐，男孩挡在芍药身前，一脸凶狠地让我们走。

我苦苦哀求芍药说实话，可男孩愤怒了，他推搡着我们，大声喊着“走开”。

我明白，越是抗拒，就越意味着在靠近真相。

第二天，我们堵住这个男孩，把他带去了一个露天的露台，想和他聊聊。

“你放松，咱们就吹吹风聊聊天，想说什么就说什么，我们不会逼你的。”张老师很懂得分寸，让男孩松弛了下来。

男孩同意和我们聊聊。张老师打开录音笔和电脑，准备进行采访。

男孩看到这个架势，急得站到了天台边缘，他说：“不是说只要聊聊吗！为什么还要录音！”

如若我们再逼他，他一定会跳楼死给我们看。

张老师吓得合上了电脑，又把录音笔也放回书包里。她举着双手：“好好，我们不录音，你不要紧张！”

男孩急得要掉眼泪了，我能感觉到他藏着巨大的秘密。

我让张老师拿着所有的东西退后，留我一个人和男孩聊聊。

那天傍晚的风微凉，吹起来有江边城市特有的潮潮的味道，天空中的阴云以不同的方式组合着，聚拢又散开，偶尔有孤单的飞鸟挥着翅膀飞向天际。

我就站在男孩的对面，和他讲讲心里话，风吹乱了我的发丝，没多久，我牵着他的手，把他从露台边缘带到了我的怀里。

我用力拥抱他的那一刻，他的小小身体在抽泣。

偌大的城市，每个人都有自己的秘密，我们的悲悯、伤痛不是共通的，可是，爱可以将它们消融。

没多久，我就掌握到了足够多的证据，这些证据，足够令沈富强从天堂坠落地狱。

我打算到渔城电视台举报，希望他们可以让我上节目，曝光这一切罪恶。

渔城电视台就在渔城一中不远处，高耸的大楼威严极了，新闻工作者们忙忙碌碌的身影穿梭在其中，我似乎看到了希望之光。

我拿着厚厚的证据材料，挨个门室求助，不管是网络节目还是电视节目，不管是新闻频道还是娱乐频道，我都一个一个咨询，只要给我曝光，我就能保证这期节目一定会带来爆炸性的收视率。

在新闻频道工作的一位大叔听了我的选题似乎很感兴趣，他眼睛睁得浑圆，像是看到了宝藏一样。他赶快带着我到了一间会议室，说这就找人讨论我的选题。

坐在空旷的会议室里，我前所未有地满足，我知道，沈富强一行人的罪行就要暴露在阳光下了，而我，会成为这个时代最勇敢的女性之一。

我正这样想着，就进来了三五个人，其中一位年近60岁的男人进行了自我介绍，他是渔城电视台的台长，听说了我的选题，他很感兴趣，希望看看我手中的资料。

简直撞上了大运，原本我只想有个节目播出一下，没想到一下子吸引来了电视台台长，这下好了，这节目一定会在最黄金的时间、最热门的频道播出！

我难以抑制内心的喜悦，将资料递给了台长。

台长微微皱着眉头，仔仔细细地看了资料。

没几分钟，台长眯着眼笑了。

“您是不是很感兴趣？这一定会让节目大热的！”我兴奋地对台长说。

台长把资料转手给了身边的人，给他使了个眼色。

那人随即撕碎了这些宝贵的材料。

我愣住了。

那是我好不容易祈求芍药和其他受害者手写下来的一手证据！出于对她们的保护，我没有录音，没有录像，这些手写的资料是唯一的证据！

“你干什么！”我起身朝着他大吼，却被台长身边的几个人死死按在桌上。

“你们要干什么！”我挣扎着，大喊着。

台长慢慢凑到我的身边，一股浓郁的烟味飘过来。

“小姑娘，如果我弟弟哪里做得不对，你和我这个当哥的说，你想要什么也尽量开口提，咱们关上门来解决问题嘛，总比你像没头苍蝇似的到处乱跑要强。”

说着，他给了我一张名片，上面的名字和渔城一中校长的名字，只差了最后一个字。

7

茴城的早秋来了，风越吹越凉，树掉落满地的金黄。

我感到巨大的悲哀，为渺小人物的无力而悲哀，也为扭曲的人性而悲哀。我知道与黑暗战斗很累，很辛苦，甚至很危险，可这世界总需要有人站出来。

我必须站出来。

躺在茴城家里的第三天，我忽地想起曾在茴城采访过的那位穿着时尚的茴城电视台台长！

是啊，渔城被校长一家只手遮天，那我就转变思路换到茴城去曝光！

我披了件衣服跑去茴城电视台，这一次，我必须赢。

我费尽力气在茴城电视台蹲守了三个小时，终于看到那位曾被我采访的台长，我兴奋地跑过去，和她说了我的遭遇，祈求她帮帮像芍药一样的女孩！

她沉默了三分钟，最后答应了。

她答应在茴城电视台最有名的《茴城说》节目里，邀请我做这期节目的分享嘉宾！

“灯光准备，屏幕亮起，道具门准备推开，音乐起，主持人准备出场。”

“五、四、三、二、一！”

一阵响亮的音乐响起，主持人清甜的嗓音荡在我耳边，若不是张老师在旁边用力地晃着我，要我集中注意力打起精神来，我真的恍惚到不知道此刻是否是真实的一刻。要知道，不久前的我还在经受着父亲的毒打和折磨。

“今天这期节目是我担任主持以来最不想说开始的一期，因为它太过刺痛，太过残忍，可我又无比期待，因为它是迟早会迎来的光明。这期节目的主讲嘉宾是一位民间记者，她有一个悲伤的故事要和我们分享，关于一个叫芍药的女孩，也关于这世上的每一个女孩，让我们有请她登台讲述！”

主持人下场的时候，给了我一个温暖的眼神，我知道，她也是我身后的力量。

镁光灯亮起，心跳如雷，沉默，屏住呼吸，抬头，我对着话筒说：“大家好，我叫沈一行。今天我想讲述的故事，关于我自己。”

说到这里，台下的几个编导摘掉耳机，面色惊恐地向彼此递了一个询问的眼神，明明台本上写的是我来讲芍药的故事，为什么偏偏主人公成了我自己，他们生怕我是那种骗节目流量的骗子。

“我出生在渔镇一个非常穷苦的家庭，这个家庭重男轻女，女性在我家的地位卑贱，我的母亲就是一个赤裸裸的生育工具。我经历着或许别的女孩也在经历的事情，那就是被伤害……

台下的编导睁大了眼睛，他们预感到这期直播节目后会引来热议。

“我原本没想过挣扎，也没想过有一天会有勇气站在这里，平静地讲述我的遭遇与经历。只是当我听到，禽兽一般的沈富强，也就是渔城一中现任副校长，竟然和校长联合起来，性侵女高中生。

“我震惊了，也沉默了。究竟有多恶，才会做出这种事情。我知道，是曾经父亲的纵容给了沈富强作恶的勇气，这就像传染病一样，若没有人治理，就会四处蔓延扩散。

“我走访了渔城一中，遇到了芍药，她是第十个被校长和副校长性侵的女高中生。他们威胁她，如果敢透露出去，她就会被开除学籍，身败名裂。

“他们利用女孩子的懦弱，反复虐待她们。

“我还遇到了一个男孩，他拉着芍药的手跑。可有一天我在露台上和男孩聊心事，我才知道，他也是受害者之一。

“是的，那天在露台上，男孩想要跳楼的真实原因是，他也是被校长欺负的受害者之一，他害怕这件事暴露出去，所以以死相逼。

“而那天就在张老师认为采访肯定完不成的时候，是我站在男孩的对面，泪流满面地告诉他，我也是受害者，我选择站出来并不是为了我自己，而是为了更多像我一样的人。

“如果每个受害者都失去勇气，都不愿意追求光明，那么黑暗势力只会越来越强大；如果每个受害者都选择逃避，凑合过活，那么这个世界上的受害者只会越来越多。

“那天男孩哭着和我相拥，我知道，那一刻我们是同类。

“真正的长大，是不再畏惧受到伤害。”

8

台下的编导、摄像、主持人都面色凝重，强撑着不让眼泪流下来，而角落里的女台长早就泣不成声。

在这个偌大的城市里，似乎每一个人都在光鲜亮丽地各司其职，可在有些人背后，藏着的是悲伤的真相。

可是，沉默并没有给受害者带来安宁，却助长了施暴者的气焰。

节目播出当天，各大报纸争相报道渔城一中高中生被校长、副校长性侵的新闻。后来，越来越多的受害者选择站出来为自己发声、为受害者发声。以茴城电视台台长为首的女性，正在勇敢地揭露施暴者的罪行，替受害者讨回公道。

校长和沈富强被立案调查，渔城电视台台长也被调查是否参与其中。

我终于如释重负。

我和张老师，还有当初救下我的渔民道了别，准备离开这里了。和初来乍到时仅剩半口气的我不一样，离开时我的身体已完全好转。

我该回渔镇了，那里还有我要赡养的母亲。

他们用力地抱了抱我，祝福我未来之路平安。

不久后，渔城电视台台长落马，新任台长要求彻查整改电视台的不良风气。

渔城电视台新台长亲自邀请我到台里工作，鼓励同事们像我一样做有操守、有信念、有道德的新闻工作者。

我回渔镇把母亲接来了渔城，那天我对她说："妈，我们有好日子过了。”

一路上，风很轻，云很淡，阳光的味道很好。母亲把手搭在我的手上，头靠着车窗，看外面的风光。

父亲听说这一切后，病倒在床，送到渔城医院的时候，医生说他有很多并发症。

住院期间，我偶尔去看望他。有一次我给他带去了我在家里煲好的粥，他一口一口喝着，突然就哭了出来。

眼前的这个老人，似乎明白了什么。

他哭着，粥呛进了嗓子里，一时间没喘上气来。他的脸憋得通红，双手青筋暴起，用力朝我伸来。

他在说：我呛住了，快救救我，救救我。

空气沉默了，过往的画面历历在目，如果我站在此地不动，没多久，他就会死在我的面前，彻彻底底地赎罪，且这一切与我无关。

要这样做吗？

我在犹豫，而他不停地朝我伸手，像要抓住最后一根稻草一样。

五、四、三……

那种倒计时的感觉，犹如当初在舞台上等待自述一样紧张。

二……

他应得这一切的，他本就该以死谢罪。

一。

“哗……”

我按下了呼唤铃，在护士的帮忙下，父亲吐出了呛着的米粥，恢复了正常的呼吸。

我低头走出了病房。

我知晓，真正的长大，是不再畏惧受到伤害。

9

又是一年清明节，我独自回到渔镇，来到妹妹的墓前看望她。

我和她说，现在的我在电视台工作，母亲在家整日看电视，偶尔去跳广场舞，都挺好的，叫她勿念。

父亲住进了养老院，沈富强在监狱里服刑。

给她送上鲜花的时候，忽然有一阵风吹起。

我知道，那是妹妹的回声，她一定在和我说，我做得很好。

我从包里拿出一小袋干槐花，放在她的墓前。

她最喜欢槐花了。

风一吹，槐花的香味就弥散开来，时光好像回到了那年的夏天，我们在槐树下交换秘密。

有次，妹妹和我说，她想永远做一条鱼，就在渔江里，怎么哭也不会被人看到。

看着她闪着泪花的眼睛，我似乎明白了什么。

我流着眼泪，默念：

“亲爱的傻小孩、傻小孩、傻小孩。在那边，你要快乐。

“不要再受到任何伤害。”

飞越山巅
如今的他，找到了自己真正的热爱，
而这份热爱，正让他闪闪发光。

飞越山巅

1

此刻番市体育馆里的吵闹声，堪比盛夏窗外的蝉鸣，顽皮的孩子们扭打在一起，丝毫没顾及坐在一旁打电话的刘教练。

一个口哨吹响，孩子们的吵闹声渐渐弱了下去。

“集合！”

刘教练拿着点名簿，挨个点名，尽管班上就十几个孩子，他也认不全。

“还记得你们来这里上课的目标是什么吗？依次重复一下。”大名鼎鼎的刘教练曾是全国冠军，退役后在番市羽毛球队任教，他在这个体育馆执教羽毛球已经有二十年了。每节羽毛球课前，他都要学生复述自己来此的目标，想通过这种方式，激励他们努力练球。

“拿世界冠军！”

“参加奥运会！”

“认识林丹叔叔！”

学生们的回答五花八门，他们因为不同原因来到这里。

轮到陈朵兰了，她是全班唯一一个女学生，朵兰说：“为了打比赛赚钱。”

每每听完朵兰的话，班上的其他学生都会笑，不知道是单纯觉得这个回答有趣，还是嘲讽。

“你呢，陈郁？”刘教练把目光停留在全班他最熟悉的小男孩身上。

同学们齐刷刷地把目光投向陈郁。

瘦瘦小小的陈郁有很长很长的眼睫毛，鼻尖微微上翘，薄薄的嘴唇像两片叶子，小小年纪长得眉清目秀。

“我爸妈送我来的，我也不知道为什么。”陈郁吞吞吐吐、扭扭捏捏地说。

同学们的笑声更大了，甚至有一个小孩子把羽毛球丢在了陈郁身上。

刘教练见状连忙严厉地呵斥，让大家保持安静。他是在树立自己的威严，也是在保护这个他最关心的学生。

陈郁是全班学生里家庭条件最好的那个。陈郁母亲在番市经商，当初送小陈郁来刘教练的羽毛球队学习，只撂下了一句话——希望我儿子能在这玩得开心。

因此刘教练格外关照陈郁。

因为小陈郁性格内向，体弱多病，所以陈郁母亲把儿子送来这里，想让他交交朋友，锻炼锻炼身体。

不求成绩，不管球技，只要儿子在这里开心就好。

而陈朵兰的母亲则恰恰相反，她送朵兰来此，就是希望把朵兰培养成全国冠军，甚至世界冠军。她和朵兰的目标很清晰，要打出成绩，要赢很多比赛，要赚很多奖金。

朵兰母亲听隔壁的邻居说，邻居家的儿子现在在役，打一场商业比赛，拿了冠军，有时能有近万元的收入。

那太可观了。

别说万元了，就连千元，对朵兰家来说都是一笔“巨款”——自从朵兰父亲患病卧床后，家里唯一的经济来源就是母亲，她在汽车修理厂做工人，一个月也赚不来多少钱。

她曾和朵兰说：“你从小就喜欢运动，有运动天赋，咱们就去发扬，总有一天会成功的！”

也因此，羽毛球只是朵兰参加的若干个体育课程中的一个，除此之外，还有乒乓球和排球课，游泳和篮球也是朵兰的自学项目。

朵兰母亲坚信，朵兰总有一项会成功，而成功后日子也会跟着好过起来。

因此，即便每一个体育课程都是一笔不小的开销，朵兰母亲也咬着牙给朵兰报名，她坚信朵兰会成为体育界的明星。

“准备上课吧。”刘教练说。

学生们散开，先进行基础训练。男生要跑两千米，刘教练亲自跟着跑，一个一个盯，谁慢了，谁偷懒了，他都会大声斥责。而朵兰不会引起刘教练的任何注意，毕竟她在刘教练眼里，是那个“你能跑多少是多少”的小个女孩子。

刘教练说，他执教这么多年，没有女生有过成就，他带出来的全国冠军，全是天赋异禀的男孩子。

小朵兰咬着牙跟着队伍跑，一边跑一边觉得委屈，倒不是觉得苦，只是一想起刘教练对她说的那些话，她就忍不住想掉眼泪。

他说：“女孩子吃不得苦，到了年纪就只想着穿裙子和化妆。”

做完基础训练后就要进行羽毛球的教学了，如步伐、挥拍动作、发球、击球等。像陈郁这样的“关系户”，站在第一排，离刘教练最近的地方，他可以更清楚直观地看到刘教练的每一个动作。而像朵兰这样的“边缘户”则站在后面，只能踮着脚尖，伸着脖子，努力往前看。

每节课的最后十分钟，是学生们的实战时间，他们根据实力、水平进行对战，有时下课铃响起，很多学生也不回家，继续在场馆里打。

刘教练说，朵兰是女生，和那些男生没办法打，所以只安排她在赛场外观赛。

每节课最后十分钟，朵兰只能眼巴巴地看着那些男孩子在球场上肆意畅快地打球。那时候，小小年纪的朵兰还不会反抗，她只知道自己落单了，站在偌大的球场里，眼泪吧嗒吧嗒掉个不停。

2

“看球！”

虎子挥着拍，朝着小陈郁身上打出一个羽毛球，羽毛球在空中划出一道清晰的弧线，最后砸在小陈郁的脸上。

“唔！”几个跟着虎子看热闹的男孩齐刷刷喊道。

“好像砸到他眼睛了！”

“他倒下了！”

“完蛋了！”

他们看到陈郁突然瘫坐在地上，用双手捂着眼睛，一动不动。

虎子的面色有些难看，他怕自己惹上大麻烦。

“嘁，是不是又在装模作样了……”虎子没什么自信地小声嘟囔着。

朵兰见状赶快小跑过去，蹲在陈郁身边，试图抬起陈郁死死压在眼睛上的手。

她是全班唯一一个敢跑过去公开和虎子作对的人。要知道，虎子人如其名，他是全班最高最壮的一个，而且力气非常大，打球也算是全班最好的那个，没什么人能招架得住他。

虎子旁边的一个男孩愤愤地说：“他们一定在装无辜！”

男孩们以为陈郁是惺惺作态。

口哨声响起，刘教练来了。

刘教练抬高嗓门，远远地问了一句：“你们又在搞什么破坏！”

虎子的头上开始冒汗，他甚至在幻想，陈郁把捂在脸上的双手挪开后，鲜血呼哧呼哧地向外奔涌。他晃了晃头，才把这些可怕的念头甩掉。

“谁欺负陈郁了！”来到事故发生地，刘教练看到陈郁坐在地上，双手捂着眼睛，显然是被谁欺负了。刘教练蹲到陈郁身边，查看他的伤势。

很明显，这里没陈朵兰的事情。

刘教练把目光投向那些顽皮的男孩，整整十一个，他们都站在一起，看样子没有人会为陈郁说话。

“谁干的？”刘教练大声地问。

此刻鸦雀无声，没人承认。除了刘教练的回声以外，场馆里再听不到任何声音。

“谁干的！”刘教练抬高了嗓门，又问了一声。

还是没人承认。

这时，朵兰伸出手，指向那些男孩：“他们都参与了。”

那些看热闹的男孩发出嘘声，记恨陈朵兰的举报行为，可没人敢把虎子供出去，于是只能集体戴上欺负陈郁的帽子。

那天下午，男孩们被罚跑三千米。跑完后他们个个脸色发白，有接近虚脱的，有肠胃反应激烈吐了的，也有像虎子一样强撑着，用恶狠狠的眼神盯着陈郁和朵兰看的。

“他们装可怜，害惨了我们。”那些男孩决定，以后迟早要把这个仇报回来。

所幸，虎子的羽毛球击在了陈郁的眼睛下方，没有伤害到眼睛，只是脸颊有轻微的青肿。刘教练向陈郁母亲解释的是，陈郁在对战训练中不小心被对方的羽毛球击中了，他后面会注意多教陈郁一些躲球技巧。

也正是在那一天，陈朵兰、陈郁俩人与那些男孩划清了界限。

第二天上课时，原本和陈郁搭档的男孩提出不想和陈郁搭档，理由是害怕不小心打到他，又要被罚三千米。言语之中，无非是对刘教练昨天惩罚的不满，以及对陈郁的故意为难。

其余男孩跟着附和，都说不愿意和陈郁一组。

只剩下朵兰。

陈郁努力地撑着眼皮，才没让眼泪落下。

尴尬、难堪、孤单，这些情绪在同一时间涌上陈郁的心头。

朵兰走上去，对陈郁说："以后咱俩一组训练。"

随即，场馆内响起一阵阴阳怪气的嘘声。

自此以后，只有朵兰陪着陈郁练习，她告诉陈郁："没关系，要加油，你早晚会成为一个厉害的人。"

3

由于没有人愿意和陈郁搭档，朵兰得以借此机会名正言顺地进入场地内与对手实战。朵兰也非常满足，毕竟再也不用眼巴巴地在赛场外观赛了。

陈郁又瘦又小，力气也不大，打过来的球总是挂网或者在网前徘徊。即便如此，朵兰还是很兴奋，像模像样地面对每一个击来的球。她的步伐轻快又矫健，每一个迎面而来的球，不管落点有多烂，她都能完美地打回去。

虎子看着首次进入场地实战就表现不凡的朵兰，多少有些诧异。

原来，早先被刘教练安排站在场外观赛的陈朵兰，一直在脑海中模拟着场上的比赛，假想着站在赛场上的人就是自己。

跨步上网、交叉步、蹬步、垫步加蹬步上网、前交叉加蹬跨步上网、跳步、蹬跳步上网……在那些男孩嘻嘻哈哈打着球的时候，朵兰快速移动着步伐，满脸严肃，聚精会神地盯着每一个球，如同小小的猎豹。

没机会站在赛场上，就先在自己的赛道上训练，这是小朵兰对自己说的。

她从没有因为被忽视而降低对自己的要求，反而按照男孩的标准要求自己跑两千米。课上跑不下来，她就课下继续跑步回家，跑不动就休息一会儿，休息够了就继续跑。一次不行，那就来三次，都说事不过三，可如果还是不行也没关系，再坚持一个三次看看。

就这样，慢慢地，朵兰适应了两千米跑，那时候她才上初二，体能却不逊于高年级男孩。在所有人都没留意的时候，朵兰像一只即将绽放的蓓蕾，等待着属于她的春天。

幸运的是，朵兰确实有很强的运动天赋。

她发球的姿势流畅又漂亮，反应速度很快，耐力超凡，步伐也合理，除了缺少刘教练的关注和指导以外，一切都很好。

要成为更好的自己，这是朵兰每天都和自己说的话。

为了这句话，每次下课后她继续赖在场地里，练习到场馆管理员熄灯赶人；她会每天跑着来场馆，跑着回家去，就为了锻炼体能；邻居家的运动员哥哥一回来，她就厚脸皮地跑去人家家里，听他讲述心得和技巧；她会在学校的电脑室，搜索羽毛球的比赛视频反复观看……

没有条件就创造条件，不够优秀就努力变得优秀，小小年纪的朵兰早就知道这世界的生存法则——你努力一点，成功就会更青睐你一点。

当然了，这些都是朵兰母亲教她的。如今朵兰母亲所在的修理厂经营不善，正在大幅裁员，在这种情况下，朵兰母亲虽然是不占优势的中年劳动力，但仍旧留了下来。她说，苦的工作、累的工作、脏的工作、别人不乐意干的工作，都是她获得认可的机会。于是凭借着此般精神，她得以逆流而上，在修理厂牢牢占据一席之地。

每当看到母亲疲惫的样子，朵兰的心里就会涌上很多酸涩。她知道，母亲很不容易地在维持着这个家，照顾卧病在床的父亲已经很辛苦了，还要负担朵兰的种种开支，实属吃力。

于是朵兰和母亲商量，退掉了乒乓球和排球的课程，也不再去自学游泳和篮球了，而是专攻羽毛球。

因此，把羽毛球打得漂亮，成了朵兰坚定不移的唯一目标。

朵兰把课余时间都用在了训练上，陈母说朵兰的双脚像弹簧，在场上灵动得如同自由穿梭的飞鸟，完全就是一块好材料，她一定可以获得成功。

4

和朵兰辛苦的训练相比，陈郁的生活简直就是养尊处优。

学习钢琴、马术、奥数，陈郁的课余时间也被母亲塞得满满的，但在这些课外课程里，他最喜欢的还是羽毛球。他并不是对羽毛球本身有兴趣，只是因为在羽毛球队，有一个愿意为他挺身而出的人。

羽毛球课程过半，刘教练开始组织同学们进行双打训练。原本刘教练想委婉地让陈郁和朵兰担任评委，可他没想到朵兰拉着陈郁的胳膊说，他们要参赛，就要和那些男生对打。

那段时间，那些男孩给朵兰和陈郁的组合起了很多名字，诸如“女双组合”之类的。

他们依然嘲笑瘦弱的陈郁，也看不起作为女生的朵兰。

“可以扣球吗？”

“要让几分给‘女双组合’吗？”

“双方的出界界定要不要不一样啊？”

这些男孩用戏谑的口吻向刘教练提出疑问，言语之间满是不屑。

朵兰站得直直的，她什么也不怕，和那些男孩约定好半个月后对决。

之后每次下课，陈郁都会悄悄留下来，陪朵兰练习。其实他一点也不喜欢羽毛球，对双打对决并不感兴趣，只是朵兰冒着和全队对抗的风险保护他，他多多少少有些感激。

在他的认知里，朋友就应该是这样双向奔赴的。

那些男孩商量了对策，在双打比赛时，专门挑陈郁打。不管是谁接球，都会把球打给陈郁，且大多数时候，是追着陈郁的身子打。

陈郁不会接球，更不会躲，除了被打以外，没有第二种结果了。

每次的模拟训练，都是以男孩们的嬉笑声开始，又以男孩们的嬉笑声结束。眼看着一点起色都没有的陈郁，朵兰也很着急。

她着急的并不是这样下去会输掉比赛，而是这样下去，陈郁会崩溃。

果然，没多久，陈郁就和朵兰摊牌，他想退出比赛。

他觉得自己是朵兰的累赘。

“有我在，你只会输。”说这句话的时候，陈郁低着头，语气冷冷的，长长的睫毛盖住他失落的眼神。有那么一瞬间，朵兰觉得这个男孩有一种无辜的美感，那种美让人怜惜，让人想去疼爱。

不，你那么好，你不该被欺负。

这是此刻朵兰心里唯一响起的话。

“不要怕！你只是暂时不擅长羽毛球而已，我们想想办法。”朵兰安慰陈郁。

只是朵兰并不明白，在陈郁看来，他不只是不擅长羽毛球，他还不擅长很多事情。不擅长交朋友，所以常常独来独往；不擅长运动，所以身体又瘦又小；不擅长反抗，所以遇到什么事情都只会低着头难过。

“唉……”很多时候，他都觉得是不是自己的名字导致自己如此沉郁。

训练一如既往，不管是单打还是双打，陈郁都没有一点点进步，他不会调整步伐，只会被动地接球，或者等球砸在自己身上。他也不知道为什么，只要一到球场上，自己就像是被束缚住了一样，手脚难以动弹。

双打训练的第一个礼拜，陈郁和朵兰是表现最差的那对组合。

面对嘲笑和讥讽，他们无力还击，毕竟陈郁的水平和大家根本不在一条线上，而按照规定，双打比赛是不允许陈郁退出的。

时间一点点推移，眼看着就要迎来一周后的大决战了。

虎子信心满满，每天在朵兰面前故意露出凶神恶煞的表情，试图以此碾压朵兰的自信心。而其他男孩用居高临下的眼神和口吻，对他们说："别挣扎了，你们注定就是要输的。"

有天傍晚，训练结束后陈郁和朵兰走出羽毛球馆，天边一片巨大的火烧云烧得热烈。朵兰兴奋地跳了起来，她大声地喊着："哇！太美啦！太美啦！"

夕阳下，朵兰微微发红的脸颊被映衬得更红了，她一笑，两个可爱的酒窝就浅浅地在圆圆的脸上浮现。

她露出一排洁白整齐的牙齿，看着沉郁的陈郁："笑一个嘛，这天多美呀！"

陈郁嘴角微微上扬，双唇抿成一条弧线。

陈郁伸出小拇指，递向朵兰。

"我们拉钩吧，做一辈子的好朋友。"

朵兰笑着，伸手钩住陈郁的小拇指："那必须的！我们要在顶峰相见！"

那天傍晚的夕阳很好看，柔光下的陈郁很好看，笑起来就有酒窝的朵兰也很好看，他们不知道即将面对的生活是什么样的，但他们知道——要做一辈子的好朋友。

5

双打大对决即将拉开帷幕，男孩们都已经做好了充足的准备，准备给陈郁和陈朵兰以沉重一击。

而陈郁和朵兰也想好了对策，发完球，陈郁就到网前，他只负责网前的部分，有网前的球，他就死死封住扣死，球到了后场，就全交给灵动的朵兰。

这个策略的好处有两个：一是避免陈郁成为对方攻击的目标，他不会被追着打，球到了后场，有能力更强的朵兰接应；二是可以发挥陈郁的作用，他跑动速度不快，步伐不到位，而在网前恰恰可以回避这个缺点，离网很近的陈郁既可以快速拦网封网，又可以避免大量消耗体能。

只是，一个人在后场应对的朵兰要辛苦很多。

她要兼顾高远球，也要兼顾左右场，基本上相当于一个人打对方两个，更何况，对面还是两个男生。

然而没办法，这已经是最好的策略了，只能硬着头皮搏一把。

大决战开始了，虎子凭借着身材和力量优势，毫无疑问地一路过关斩将，挺向胜利。他拥有全班最好的实力，没有人能打得过他。

而对比下来，陈郁和朵兰的组合就没那么顺利了，他们面对的每一组对手实力都很强劲，也因此比赛打得很吃力，通常是三局打满，仅靠小比分艰难取胜。

在半决赛时，他们遇上了虎子的组合。

虎子穿了一身红色的衣服，头上绑了一个写着“王”字的发带。赛前他满脸轻松地打着手机游戏，仿佛今晚的比赛压根不重要，更没有悬念。

朵兰和陈郁依然按照之前的战术部署，陈郁负责网前，朵兰负责后场。

可这场比赛面对的是牛高马大、力气还大的虎子，说实话，朵兰也没有信心。但是为了鼓励陈郁，她只好强装自信，给陈郁打气。

她说，人总会面对一些自己不想面对的场面，也有很多时候觉得自己一无是处，肯定会输得很惨。可事实上，那些难关虽然难熬，但总会熬过去，而曾以为自己肯定会输得很惨，到头来也都体肤完好。

陈郁点点头，他不是明白了这个道理，而是明白此刻只能这样挺着。

比赛开始了，虎子和搭档率先给自己加油打气，他们喊得很大声，甚至发出了怪声，惹得看热闹的男孩们哈哈大笑。陈郁在这种情况下更紧张了，他只好凑到朵兰身边，反复说着自己会努力。

朵兰聚精会神地站在场地内，眼睛死死地盯着球，思绪还在预判，球会被虎子打到哪个区域。她像个弹簧一样，时刻都在蹦着，因为她要做好准备来到左半场，再立刻回到右半场。

刘教练的表情很凝重，他知道这是一场不公平的比赛，朵兰像只没头苍蝇一样东跑西追，没有片刻喘息的机会，只会被对方打得落花流水。

0：3。

1：6。

2：9。

4：11。

……

朵兰即使很努力地接球和回击，但也抵挡不住对方两个人的“火力”。虎子和搭档轮番上阵，左右夹击，一个刚接了球，另一个就已经做好准备跳起身子扣杀了。

朵兰根本招架不住。空旷的羽毛球馆里，只有这一个班的学生在看比赛，更准确点说，在看热闹。

虎子和搭档每赢一个球都会欢呼，他们发出的怪音一直响彻在羽毛球馆里，冲击着陈郁的自信心和自尊心。

“漂亮！”

“牛啊！”

“好球！”

“赢了！”

他们大声喊着。硕大的汗珠从朵兰的脸上流下，她的衣服已经湿透了，体力也已经透支，可这仅仅是输掉的第一局，第二局都还没有开始。

落后，又是落后，一直落后。

没有像电视剧那样出现奇迹的逆转，陈郁和朵兰的第二局输得更快更彻底，随着虎子的欢呼，他们取得压倒性的优势。

最后一个球，虎子瞄准了朵兰跑动范围外的一个死角，用力地扣杀下去，朵兰拼了命地跑过去救球，一下扑倒在地上。

然而即使这样努力，她也没能救起那个球。

她的发丝湿透了，凌乱地铺散在眼前。透过发隙，她看到虎子在跳跃着庆祝胜利，而又瘦又小的陈郁低着头，在不停地抠着羽毛球拍。

6

双打结束后，陈郁变得更沉郁了。

不知道是哪个男孩，又或者是哪几个男孩对他说，是他拖累了朵兰。

这些话像巨石一样压在陈郁的心里。

虽然朵兰一直在夸奖陈郁做得很好了，但他知道这些都是骗人的、安慰人的话，自己就是拖后腿的那一个。

至此，那些自卑的小情绪就都跟着涌上来了。被欺辱的感觉不好，被现实打耳光的感觉不好，自我否定的感觉更不好。

好在半个月后，羽毛球班就要结课了，这一段学习告一段落。刘教练说，大家可以自行选择是否继续上提高班。

通常情况下，只有那些要将羽毛球作为自己未来职业选择的孩子才会选择继续学习下去，因为大家都知道，提高班的刘教练简直就像魔鬼，他会非常严格地训练学生，像对待运动员一样。

所以每年报基础班的有几十人，可真正坚持到提高班的，只有寥寥几个，也正是在那几个里，出来了不少全国冠军。

朵兰看着提高班的费用，陷入了沉思。她知道自己很热爱羽毛球，也知道现在的自己在班上勉强能排进前七，她想进一步提高自己，但又担忧万一上完提高班，自己还只不过是中上游水平，浪费了钱。

她的纠结被陈郁看到了，陈郁说，想把自己的名额让给朵兰。

“反正我也学不会，不如让我妈交钱，你来上课。”说这话的时候，陈郁眼里放着真诚的光。

“那怎么行？我不能花你家的钱。”坦白说，朵兰是心动的，只是善良的她知道不能这样做。

结课典礼上，朵兰获得了一个“良好”的评级，而陈郁拿到了“优秀”，理由是他不气馁，能够坚持，优秀地诠释了体育精神。刘教练搂着陈郁，给他分析他的进步之处，盼着陈郁可以自信一些。

结课了，虎子和班上其他几个羽毛球好手选择了继续上提高班，目标是打中学生联赛，拿全国冠军。

朵兰看着高昂的报名费，犹豫不决，最终还是选择了放弃。

报名结束的那天，刘教练的报名表上只有四个人的名字，他们都是男生。朵兰一个人跑回家，和日常训练时一样。只是这次的奔跑比以往任何一次都要沉重，每一步都似乎寸步难行。

风从耳旁呼啸而过，朵兰用力地跑着，跑着，不觉流下了眼泪。她知道人生中有很多事都是这样的，你势在必得，你拼尽全力，只是结果充满遗憾。

此刻的朵兰忽然很想念妈妈，她一定在家里做好了饭菜，期待朵兰拿回来一张“优秀”的结业证书。

可朵兰揣着的，只有满满的怯懦、退缩和沮丧。

朵兰跑到家时已经很晚了，她的嘴唇有些发白，身体很疲惫，模糊的视线中，一个瘦小的身影站在家楼下。

是陈郁。

随着靠近，陈郁的脸渐渐清晰起来。他说，他已经和母亲说好了，继续上提高班，以后自己每天假装去学羽毛球，等到了场地，再把上课的机会让给朵兰。

“就算上完提高班，我没什么长进，我妈也不会觉得怎么样的。”陈郁憨憨地傻笑着。

朵兰低着头，手不停地搓着书包带子，明显在犹豫。不管陈郁用怎样的方式劝说朵兰，朵兰都觉得心里过意不去，哪怕最后陈郁说“我们是一辈子的好朋友”，也没能让朵兰接受。

她转身上楼，带着巨大的遗憾、失落、难过和不舍，和这个曾经并肩作战的男孩道别。

“陈郁，你回去吧，谢谢你的好意。或许我们不会再见了，也或许，如我所说的，我们顶峰再见！”

7

那个夏天发生了很多很多事情，刘教练的提高班开课了，虎子还在上课，却不见自己心心念念的“女双组合”。陈郁和朵兰再没有见面，他们就像是萍水相逢的过客，失去了联系。朵兰的父亲没能挺住，断了

最后一口气，永远地离开了她们。

陈父走的那天，陈母面容很憔悴。她没有哭，只面无表情地处理着丧事。

她知道，人死不能复生，而活着的人必须坚强。

小朵兰跪在地上哭个不停，眼睛直愣愣的，很显然她没有回过神来。即便知道父亲早晚会走，可真正到了这一天，她还是没忍住内心的悲痛。

“您走啦，还没看到我拿冠军呢！我不是一个特别好的女儿，没有成为您的骄傲，这是我此生的遗憾。我想变得更强更优秀，虽然您看不到了，但请赐予我勇气和力量，好吗？”朵兰稀里哗啦哭个不停，她祈求父亲可以在黑暗中牵起她的手，带着她到正确的路口。

那个夏天似乎很漫长，蝉叫得人心烦，雨也下个不停。

草没有飞长，花在强忍着巨晒，叶片停止了起舞，朵兰看着窗外，心思早就飞到了遥远的羽毛球馆。

有一天下午，朵兰在做暑假作业，她知道初三就要来了，自己需要集中精力，把全部心思放在学习上，才能考上当地最好的高中。

忽然，朵兰母亲冲进她的卧室，一把抱住她。母亲兴奋地和朵兰说：“你要继续去刘教练的羽毛球班学习了，而且是免费的！”

陈母笑着，皱纹里盛满了喜悦。只是朵兰知道，这无非是陈郁的把戏。

“我不去。”

“为什么不去？”陈母不解。

“总之就是不去，我知道是怎么回事。”朵兰小声嘟囔着。

“怎么回事？你说说怎么回事！”朵兰母亲有些疑惑，又有些气不打一处来，“要不是你娘我神通广大，你能有这个待遇吗？快点收拾收拾去上课！”

朵兰才不相信母亲说的话，她一个在车间里工作的女人，哪来的能耐？

“才不是你，一定是陈郁那小子。”朵兰想。

“就要看到希望了，你在这打什么退堂鼓，快点收拾去上课！”陈母去储藏间把朵兰的运动装备一一拿出来，给朵兰准备好。

“再次出发！”她兴奋地喊道。

偌大的球馆里，除了刘教练以外，只有四个人的身影。

“来了，准备热身吧。”刘教练话语平静，但朵兰总觉得他的语气怪怪的。

朵兰知道，他一定是受陈郁母亲之托，不能拒绝人家，又不能甩掉自己，所以语气才那么奇怪。

青春期的朵兰叛逆得很，她心里想：你越是看不惯我，我就越在你眼前晃悠。

“谢谢教练！我一定不辱陈家的使命！”朵兰故意阴阳怪气，一本正经地说。说完，她自己忍不住扑哧一声笑了出来。

往后就是辛苦的训练了。

是真的苦，几个男孩都直喊吃不消，更何况朵兰了。

她有很多次想要放弃，可一想到这宝贵的免费学习的机会来之不易，就又坚持了下去。

对了，朵兰还有一个坚持下去的原因，那就是虎子。

虎子在这个班里依旧是成绩最好的那个，他凭借着身材和力量优势，成为提高班五个选手中最会打的那个，这是令朵兰最不服气的。她知道，只有自己赢了虎子，陈郁才不算输。

于是每天训练时，只要想懈怠了，朵兰就看看虎子；只要想偷懒了，朵兰就想想陈郁。

“你干吗总看我！”有时候，虎子会害羞地对朵兰说。

他哪里知道，眼前的这个女孩，早已经把他当作必须打败的目标。

青春期里的男孩女孩啊，他们咬着牙较劲，拼着命嘴硬。

虎子才不给朵兰一丝一毫的机会，每一个能扣杀的球，绝不给她机会。可朵兰也很争气，放下了陈郁这个小包袱，她在场上跑动得更快了，一对一的训练上，虎子并没有占据绝对优势，甚至有时候还会被朵兰的球威胁到。

慢慢地，朵兰的技术追上了虎子，成为全班第二会打的学生。刘教练安排她做虎子的搭档，和虎子一起训练。

“你们实力相当，所以适合搭档。”刘教练这样解释。

在辛苦的训练中，他们算是彼此的动力，也是在这个过程中，虎子发现朵兰没有那些男孩形容的讨厌。而朵兰也发现，虎子不过是要面子的单纯大男孩而已。

渐渐地，他们会给彼此纠正动作，加油打气。

朵兰很庆幸，自己可以有虎子作为竞争对手，一直将她像靶子一样瞄准。

直到三个月后，虎子生病退学。

8

秋天，虎子突然消失了。

刘教练给朵兰安排了全班二号男单选手作为陪练，却始终没有告诉她虎子为什么消失了。

男孩们说，虎子得病住院了。

没有了虎子，朵兰就像失去了拐杖的残疾人，忽然有些不适应，她甚至开始怀念那些虎子刺激她的日子。

她心神不宁的，总打探虎子的情况。最后得来的消息，是虎子得了绝症住进了重症病房，瘦得脱相了。

巨大的遗憾落在朵兰心上，善良的她替虎子祈祷，希望他能挺过这一关。有时候朵兰会想，人有永恒的敌人吗？

好像以前很记恨的人，到头来也没那么可恶了；一直当作竞争的对手，也能成为伙伴；而耿耿于怀的事情，好像轻而易举可以放下；过不去的坎，最终都能被时间磨平。

终于有一天，朵兰在市人民医院重症病房看到了虎子。

虎子被他母亲搀扶着，慢慢地走动。在病房活动活动，成了他每天最大的运动量。看到朵兰时，他诧异地问她怎么会出现在这里。

出乎虎子意料，朵兰并不是来看望他的。朵兰说，自己是来陪伴同样进了重症病房的母亲。

是的，朵兰母亲长期在车间做工，积劳成疾，有天昏倒在了工厂里。工友们送她去医院时才知道，她早就检查出来得了癌症。她知道自己大限将至，所以拼了命地工作，就为了能赚一点是一点，给小朵兰多留下一些积蓄。

而如今，她发着高烧，住进了重症病房。医生说，她坚持不了多久了，她的身体透支严重，以致损伤很大，错过了最佳治疗时期。

朵兰趴在病床前，看着面无血色的母亲，心碎了一地。

这一生都没有享福的母亲啊，年轻时养育朵兰，后来照顾陈父，如今刚把陈父送走，没想到却被病魔缠身。

眼看着朵兰要长大了，要有出息了，朵兰母亲却没有机会再去见证。

朵兰母亲也难受，不然不会在手机的备忘录里写下遗嘱，她说：

“我命苦，爱人被病魔缠身，自己也没能逃脱。一想到朵兰无人照顾，就觉得心酸，好像有一把锥子在钻我的心脏。

“痛啊，难受啊，难以用言语形容。

“但是我相信，朵兰会挺过去的，她和小时候的我一样，坚韧不拔，迎难而上，她一定会成功的。

“所以我求我的老朋友刘教练，一定帮我把朵兰带出来，帮助她成为全国冠军、世界冠军！”

原来朵兰的母亲曾是一位羽毛球职业选手，她有很强的运动天赋，因此坚信自己的天赋遗传到了女儿身上。她拼命地给女儿报体育课程，就是希望能发掘女儿身上的天赋。

她坚持要把朵兰送去刘教练的羽毛球班，希望她得到专业的教导，成为羽毛球的明日之星。

刘教练曾是陈母的队友，早在二十年前，他们是队里最被看好的两个，当时刘教练是男单的种子选手，陈母是女单的种子选手，他们被看作番市最有实力的混双组合，最有可能冲击那一年全运会的冠军。

只是不巧，那时候朵兰母亲遇到了陈父，意外怀了朵兰。

球队里的领导知道了这件事情，非常生气，他们希望陈母以大局为重，放弃朵兰，继续坚持训练。

只是朵兰母亲心软，她做不到放弃肚子里的朵兰，于是选择了退役。也因此，刘教练和朵兰母亲这对混双选手宣告解散单飞，没有参加那一年全运会的混双比赛。自然而然地，刘教练失去了在自己最有优势的混双项目上冲击全运会冠军的机会。

后来，他再没有和朵兰母亲有过往来。

时隔多年，朵兰母亲用对朵兰的爱打动了刘教练，才让他不计前嫌，免费收下朵兰作为自己的学生，进行提高课程的训练。

所以并不是陈郁，也不是陈郁母亲，而是朵兰的亲生母亲，为了朵兰可以继续接受专业的训练，拉下面子向刘教练道歉，求他继续帮助朵兰发掘潜力……

得知真相的朵兰哭了，她没有想到母亲为了她放弃了自己的梦想，而直到现在，母亲还在为了她的运动梦想全力拼着。

9

半年后，早春的某个清晨，朵兰母亲走了。

走的时候她是微笑着的，她知道自己能做的都已经做完了。

朵兰平静地办完陈母的丧事，如同当年送走父亲的母亲一样。

她知道，活着的人唯有坚强，才是对死去的人最好的告慰。

朵兰重新回到了刘教练的羽毛球班上，整日整夜地练，发了疯一样地练，有时候，刘教练会称呼她为“虎子”。

他们都知道，现在的朵兰不顾一切，如同涅槃重生的凤凰，挥舞着巨大的翅膀，欲乘风飞翔。

又是一个半年，朵兰以全市第一的羽毛球成绩，被当地最好的高中番市一中录取。入学那天，校长亲自见了朵兰，他说，在番市一中，每年都会有各种人才考上清华、北大，实现自己的理想。他希望朵兰发挥特长优势，飞往高山之巅。

开学的时候，朵兰还遇到了两位久违的朋友。

一位是不再强壮反而瘦弱的虎子，他剃了光头，说刚康复不久的自己不能再做剧烈运动了。另一位则是一个高高大大的男孩。

他有长长的睫毛，鼻尖微微上翘，薄薄的嘴唇像纤细的叶子。

“陈郁！”朵兰大声叫着。

陈郁朝朵兰缓缓走过来，他高大的身影一下子将朵兰笼罩住。

“才一年不见，你长了这么高！”朵兰兴奋地说。

“是啊，现在我是奥数选手陈郁。”陈郁捏了捏自己胸前的奖牌，上面发出耀眼的光芒。

在这一年的时间里，陈郁不再强求自己在赛场上成为一个“男子汉”，而是做自己真正感兴趣的事情，成为自己想成为的人。

他因为缜密的思维、出色的逻辑在奥数比赛中一举夺魁，成为全市的奥数之星，就连奥数老师都连连夸赞，说他会是下一个数学大师。

“漂亮！”

“厉害啊！”

“好球！”

“赢了！”

朵兰模仿着那年“欺负”过他们的男孩们的口吻，对陈郁说。她一拳锤在陈郁的胸口上，陈郁站在原地，一动没动。

朵兰意识到，他再也不是当年那个身子瘦弱的男孩了，如今的他，找到了自己真正的热爱，而这份热爱，正让他闪闪发光。

“如你所说，我们会在顶峰再见。”陈郁自信地说。

朵兰笑了起来，露出两个浅浅的酒窝。

“虽然今天是开学的第一天，可我早已预测到三年后的毕业典礼上，你陈郁会以竞赛高手的身份被清华录取，而我朵兰，会以全国新晋冠军的身份被北大录取。”

说完，朵兰笑了出来，是那种轻松又自信的笑。

嗯，我们终会飞抵群山之巅。

LIGHT UP
THE WORLD
WITH PASSION

在热爱的世界里
闪闪发光

在热爱的世界里
闪闪发光

LIGHT UP
THE WORLD
WITH PASSION

LIGHT UP
THE WORLD
WITH PASSION

LIGHT UP
THE WORLD
WITH PASSION

LIGHT UP
THE WORLD
WITH PASSION

LIGHT UP
THE WORLD
WITH PASSION

请相信时间的神力

谢谢你看完这本书，也谢谢你选择认识我。

在热爱的世界里闪闪发光，我想，无非就是——勇敢、善良、坚定，并保持前进。

愿你像《难过博物馆》里的主人公，明白这世界上其实每一个人都会感知到难过，你不要把它想象成一种负面的东西，你要习惯接受，它只是一种正常的情绪。与其难过，不如去行动，改写自己的生活，远比厌烦来得有用的多。

我也希望你如《打渔》里的女孩一样勇敢，在面对欺凌、侮辱的时候选择坚强地战斗，即使这个世界有着阴暗的一面，你也可以去做一个闪闪发光的人。

我们每个人都会有难以启齿的过去，但遗忘不是最好的办法，改变才是。

《飞越山巅》里的男孩女孩，正是我们每个人的写照：或许你曾是幸运的那个，也或许，你生来就很平庸。但不论怎样，我们前进的路上都会遇到绊脚石，也会遇到坎坷、打击，它们欲让我们向命运低头。可想要飞过低谷，就要努力振翅，忍着疲惫、忍着剧痛一跃而上，我们才能在顶峰相见。

这是我写作这本书的初衷，我希望，看完这本书的你可以释怀内心的难过，拥有战斗的勇气，拾起飞翔的热情。在这个充满爱的世界里，闪耀光芒。

接下来，我想和你念叨念叨在写作这本书的过程中我的一些心理感受。

1 重逢与遇见

距离我和哥哥上一次合作创作出版作品，已经过去了七年之久。这次经新的出版方联络，我与哥哥再次合作出版，我愿称之为重逢。

在我看来，重逢是比遇见更美妙的词语。

因为遇见的那一刻的确让人欢喜，可也随时有可能在下一秒失去。遇见，有时会擦肩而过，而重逢，一定是跨越很多重阻碍，经历很多场磨难，最后相遇。

我是一个没太多安全感的人，对时间、对工作、对恋人，都没有太多的安全感。

如果要我在遇见和重逢中做选择，或许我会像个胆小鬼一样选择重逢。因为这样，我们就一定会在一起，是如此吧?

可命运时常诡谲，它有时会以戏弄人的姿态出现在我们眼前，一次次用残酷的真相和残忍的方式令我们失望——破镜重圆的感情再次崩裂，握手言和的朋友再次分道扬镳，好不容易有起色的日子再次昏暗下去……

于是重逢也可能仅仅是，第二次遇见!

……

我们依然有可能分别，转身消失不见；生活也有可能和从前没什么两样，照旧满地鸡毛。

这是我这两年多以来最大的感触——没有什么事情是一成不变的。我们真正拥有的，只是当下的每一刻，这才是我们可以大大方方享用的，而对于世界，我们都是太过渺小的尘埃。

带着这样的信念，我发现我的日子反倒过得轻松、容易起来：不再期待至死不渝的爱情，不再傻傻付诸没有回报的努力，不再过度渴望不属于我的生活。

简单来说，就是活在当下。

不久前，我的一位好朋友和我讲述她濒临分手的感情，原因是她和另一半都从事演艺事业，长期的差旅导致他们分隔两地，误会和矛盾很难隔着物理距离解决。于是每次争执，男孩都是采取避免沟通的冷战方式，女孩只好独自委屈，感慨异地恋太难太难。

我本想安慰她，但是她说了这样一段话。

“我比他大好几岁，他小孩子脾气，玩心重，我知道我们不可能永远在一起。他对我的感情是喜欢，但不是那种想有共同未来的喜欢，虽然我明白早晚有一天我会失去，可现在就不值得拥有吗？现在的我喜欢他，喜欢这份感情，那我就享受当下好了。”

虽然女孩说这些话的时候，未免有些辛酸和无奈，但我赞成她的想法——如果一眼看不到终点，那就先关注当下的脚步；如果未来某天会失去，那就在今天狠狠欢呼，相拥成簇。

人生就是一个巨大的游乐场，拿到门票进来后，就会有带着门票离开的那一天。

重点是，你在这个游乐场里，如何游玩，与谁共舞，留下怎样的回忆。

2　孤独与失去

人类最低级的孤独是缺少陪伴，只要有朋友，有热闹，有喧嚣，低级的孤独就可以解决。而真正深刻的孤独是有旁人陪伴，却无法治愈内心的孤独。

回想写作这本书的时间里，陪伴我最多的就是孤独。不记得有多少个夜晚，是安静的空气陪着我写作，写到夜深的时候，我就开始思考孤独的命题。

要如何根除内心的孤独呢？

在我看来，是要学会相信自己，给自己多一些信心。

当不相信自己的时候，你更不会相信身边的人，也不会相信生活的社会和所处的世界。

因此，你每天都是慌张迷茫的，自然而然会孤独。

相反，给自己信念，多鼓励自己一些，学着去适应和款待自己，你会发觉，你已然是自己最好的朋友，你比以前要快乐很多。

而当你快乐了，孤独就一点也不可怕。

关于失去，我想每个人都经历过——失去曾许诺要好一辈子的朋友，失去挚爱的家人，失去一段刻骨铭心的爱情，失去一次机会。

失去并不可怕，重要的是，你会被失去打倒吗？

写作这本书的时间里，我失去了很多。

有一位喜欢我很多年的读者，在各地追我们的签售会活动，每次见面时都举着相机拍我，发了很多封私信，也递给了我很多封手写信，她和另外几位女读者甚至成了很要好的朋友。

每次见面的时候，她都会和我更新她的近况和动态，我一边感慨着她在慢慢长大，一边鼓励她，要她加油，去过更好的生活。她也回应着我，要一起去更远更亮的地方。

原本以为，这样的时间会很久很久，她会和那些在签售会上认识的女生朋友一样，恋爱，结婚，当妈妈……可没想到，有天收到她的私信，她说她不再喜欢我了。

我的心里“咯噔”一下，这种感觉就仿佛是房东突然说明天起房子要收回，请另寻住处，又像是正在睡着很甜美的觉，忽然被闹铃喊醒。

说实话，那段时间我很敏感，小心翼翼地去寻找“离我而去”的读者，很想问问他们我是哪里做得不够好。可后来我明白，时间在变化的同时，也让我们每个人发生着巨大的改变，不必一心留住某人，不必一味追求某物，不必一路在乎过往，不必一再挽回失去，不必一直念念不忘。

就长大吧，承受吧，面对吧，迎接吧，经过时间的冲刷后，我们终将毫发无伤地长大。

现在的我，不再执意要每个人都理解我，也不再坚持要得到别人的喜欢，心无旁骛地做自己，很踏实，也很安心。

至于其他，我相信清风自来。

3　相信时间的神力

这两年多以来，我对时间的感触最为深刻。

总是觉得时间过得飞快，像疯长的荞麦一样。日子过得没什么记忆点，雷同的时候是大多数，很多心愿没完成，不敢有太奢侈的期望。

可回想起来，时间确是有神力的，它可以抚平伤害。

我们都曾有过恐惧时刻，对爱情感到缥缈不定，对工作感到疲惫迷茫，对年龄增长感到恐慌，人是很难放下内心的恐惧的。这两年来，我经历了一段内心惶恐的过程。

我一直是一个较为自闭的人，平时非常宅，不喜欢主动去社交，尽管很多场合对我的工作很有帮助，可我依然恐惧，因此我少有除了固定朋友以外的社交。

换一种说法，那就是大多数时候，我都在独处。

独处时，我在逼着自己写作，因为这是我唯一的工作。

不努力写作，就没有工作，没有收入，就没有未来的希望。

带着这样沉重的压力，我在电脑前敲敲打打，常常觉得写作的第十个年头，我写不出来东西了。

要步入30岁，却没有经历30岁的人的真实生活，少有的恋爱经验，平和的家庭关系，一如既往的工作环境，没有太多欲望和忧愁的生活，我渐渐发现自己就像一杯白开水，平平淡淡。

忘记了多少个夜晚我在电脑前发呆，到凌晨一点钟，敲下来的字都被自己嫌弃地删掉。遣词、造句、编排故事，每个环节我都觉得不顺利。起初我称之为没有手感，后来我笃定地认为是没有灵感，到现在，我已经不知道自己的问题出在哪里了。

有一天我和妈妈谈话，从事业到婚恋，再到未来人生发展，我们聊了很多很多，这期间妈妈有些话讲得不好听，我的情绪抵触起来。原本的交流和探讨，变成了争吵，妈妈觉得我嘴硬，不承认自己的问题，我觉得她不理解我的困境，只会站在局外提出不切实际的解决办法。

吵着吵着，我没忍住哽咽起来，很小声的，但被妈妈听到了。脆弱在这一刻被完全暴露，电话那端的她忽然沉默了。她没再为刚刚的小事和我发脾气，而是说了另一番话。

妈妈说，我过去的生活太顺利了，经历的困难少之又少，把自己“宅”起来，跟外面的世界有很大的距离，这都是我觉得迷茫的缘故。

其实我懂，她说得对。

人都是懒惰的，喜欢在舒适圈里生活，美其名曰做自己。可事实上，成长的代价都是疼痛，需要迈着步子去往自己不熟悉的地方，那里一定荆棘丛生，一定雷雨交加，然而只有硬着头皮冲过去，才能看到全新的自己。

或许当下的每一步都是伴有阵痛的，但请你相信我，时间有抚平伤口的神力，你只管往前冲，它会让你自然而然地适应、习惯，甚至让你爱上那个疯狂的自己。

每每再遇到沮丧、孤独、失落的时刻，我都会告诫自己，不要灰心，不要放弃，时间会带着我飞翔，只要我足够勇敢，足够坚定，我就能飞跃这个我热爱的世界，闪闪发光。

4　谢谢，我们的故事还没结束

看到这里，旅程就将要告一段落了，谢谢你选择阅读这本书。于你而言，这或许仅仅是你书架上众多书中的一本，而于我，这是我们之间一场盛大的遇见。

我相信书中的故事结束了，而我们的故事才刚刚开始。

是啊，茫茫人海里，我们靠着文字微薄的光热成为有联系的人，实属不易。

那就结伴前行吧，一路寻觅吧，一起成长吧，在热爱的世界里闪闪发光，我想，我们都能做到。

2022年3月29日 于北京

谢谢，

我们的故事还没结束

Our story continues